# 素養・閱讀 第二版

林麗美　主編

王淑蕙、高碧玉、許雅貴　編纂

麗文文化事業

國家圖書館出版品預行編目（CIP）資料

素養.閱讀／王淑蕙, 高碧玉, 許雅貴編纂；林麗美主編. -- 二版. -- 高雄市：麗文文化事業股份有限公司,
2023.08
面；　公分
ISBN 978-986-490-222-4(平裝)
1.CST: 國文科 2.CST: 讀本
836　　112011802

# 素養‧閱讀
## 第二版

主　　　編　林麗美
編　　　纂　王淑蕙、高碧玉、許雅貴
發 行 人　楊宏文
編　　　輯　鍾宛君
封 面 設 計　毛湘萍
內 文 排 版　北澄文化事業社

出 版 者　麗文文化事業股份有限公司
　　　　　　802019 高雄市苓雅區五福一路 57 號 2 樓之 2
　　　　　　電話：07-2265267
　　　　　　傳真：07-2233073
　　　　　　購書專線：07-2265267 轉 236
　　　　　　E-mail：order@liwen.com.tw
　　　　　　LINE ID：@sxs1780d
　　　　　　線上購書：https://www.chuliu.com.tw/
臺北分公司　100003 臺北市中正區重慶南路一段 57 號 10 樓之 12
　　　　　　電話：02-29222396
　　　　　　傳真：02-29220464
法 律 顧 問　林廷隆律師
　　　　　　電話：02-29658212

刷　　　次　二版一刷‧2023 年 8 月　二版二刷‧2024 年 8 月
定　　　價　350 元
Ｉ Ｓ Ｂ Ｎ　978-986-490-222-4（平裝）

# 編 輯 大 意

一、本書由南臺科技大學通識教育中心四位專任教師共同研擬編撰，提供閱讀表達課程教學之用。

二、全球化時代的到來，現代公民必須具備倫理、民主、科學、美學、環境、媒體等素養，方有足夠的決斷力面對資訊多元的社會。本書以此為依據選編相關篇章、設計對應之活動與討論內容，冀求人文素養、閱讀表達能力與現代公民素養之陶塑能相互融貫。

三、本書篇章分倫理、民主、科學、美學、環境、媒體等六大素養，各大素養包含三篇選文，並以導論總括對應之素養內容。每篇選文，含有正文、閱讀錦囊（作者、題解、賞析）、練功坊（活動與討論）。

四、本書所選篇章，皆經正式簽署授權，內容如有謬誤遺漏，尚請賢達方家不吝賜正。

# 目錄 Contents

PART

|

/

# 倫理素養

# 導論
‧ ‧

　　現代公民在日常生活與專業情境中，經常遭遇各種倫理抉擇與難題，其中涉及價值、義務、角色等衝突。為使讀者對「倫理素養」有一定程度的涉獵，以婚戀、親子、友情為核心，選出相應的篇章。

一、「婚戀」的部分，分有「愛情的堅守」與「愛情的選擇」。

　　「愛情的堅守」如：〈上邪〉是一位癡情女子，發出「直到」地球毀滅才不愛的熾熱表白。〈江城子〉是一首亡妻死後十年，夫君「持續」相思的悼亡詞。〈摸魚兒‧雁丘詞〉是一位16歲少年，赴考途中親聞大雁「生死相隨」的愛情震憾。

　　「愛情的選擇」如：〈白頭吟〉是一位妻子面對夫君有意娶妾，不願委屈求全，於是「選擇分開」的詩。〈節婦吟〉有夫之婦遭遇已婚男子贈送雙明珠厚禮追求，最終「選擇拒絕」的詩。〈愛的辯證（一題二式）〉男女約定於橋下相見，期間河水暴漲，男子久候女子不至，若是「選擇留下」則癡等至死、或是「選擇離開」則各自安好，不同心境的選擇，引向不同的結局。

　　由熱戀的〈上邪〉、長相思的〈江城子〉、生死相隨的〈摸魚兒‧雁丘詞〉；選擇分開的〈白頭吟〉、選擇拒絕的〈節婦吟〉、選擇癡等或離開的〈愛的辯證（一題二式）〉，這六首詩詞作品，映現：無論古今，甚至不同物種，不同階段與歷程，都可能面臨「堅守」？或是「選擇」的兩難。

二、「親子」的部分，選出〈國峻不回來吃飯〉與〈致你們的父親〉二詩。

　　〈國峻不回來吃飯〉是臺灣當代鄉土文學作家黃春明，於兒子往生一年後的思子詩作。作家黃國峻30歲時自殺，為人子女結束自己的生命，未必是「對立人」或是「相關人」受到懲罰，反而是始終關愛子女的父母最受創傷。提醒為人子女，應能體諒父母：期盼子女平安、健康的殷切心情，尤其面臨生命關口，能想一想家人，結局必定不同。

　　〈致你們的父親〉是一首，寫於「同婚專法」之前，男同志尋求父親認

同的詩。家庭是愛與親情的溫床，當異性戀的家庭，成長出同性戀的子女。子女如何對父母坦白？父母如何接納子女？是彼此都需面對的生命課題與荊棘之路。臺灣在 2019 年 5 月 17 日通過了同婚專法，成為亞洲第一個婚姻平權國家。如今同志婚姻有了保障，無論是反同或挺同，理應尊重多元的社會環境，還給同志一個平等的生活空間。

三、「友情」的部分，選出〈夢李白〉、〈題長安壁主人〉二詩、〈與山巨源絕交書〉一文。

友情是一種普世性的人倫法則，人與人之間能夠「相知」、「相惜」，成為知交，主要是能理解彼此的性格，進而支持彼此的理想。然而更多世俗之人，則是以「金錢」、「利益」為交友前提。

〈夢李白〉是唐代「詩聖／杜甫」，憂思被流放的「詩仙／李白」之詩。由「詩聖／詩仙」的被命名，可見二人的不同性格。即便如此，當李白被流放，身陷瘴癘、關塞、蛟龍等絕域，杜甫不知好友生死、內心痛苦，日有所思，終使李、杜於夢中相見，呈現超越時空的真摯友情。

〈題長安壁主人〉作者張謂是有理想且貧窮的讀書人，未成名之前曾經客居繁華京城長安，嚐盡冷眼與世態炎涼，於是寫下淺顯易懂的肺腑之言。千年之後，為了金錢與摯友翻臉、殺人搶劫的社會新聞，仍隨處可見。「世人結交須黃金」映現了負面友情、人性醜陋的一面。

〈與山巨源絕交書〉是魏晉時期文學家嵇康，寫給朋友山濤「拒絕出仕」的一封信。嵇康曾經任職曹魏，又迎娶曹操的曾孫女，因此曹魏政權被篡奪之後，選擇隱居不仕，成為「竹林七賢」的精神領袖。嵇康的好友山濤在改朝換代後，投靠司馬氏作了官，隨後又拉攏嵇康。嵇康後來被司馬昭處死，臨終前將年僅 10 歲的兒子嵇紹托孤給山濤。山濤不因〈與山巨源絕交書〉而拒絕，嵇紹最終在山濤的庇護下，長大成人。真正的友情，不因政治立場、人生選擇的不同而改變。嵇康與山濤彼此知交的故事，示範了普世性的倫理價值。

## ⑴-1 愛戀詩詞選

### （1）愛情的堅守

**上邪**[1]　　　　　　　　　　　　佚名

上邪[2]！我欲與君相知[3]，長命無絕衰。山無陵，江水為竭。冬雷震震，夏雨雪。天地合，乃敢與君絕！

**江城子・乙卯正月二十日夜記夢**[4]　　　　蘇軾[5]

十年生死兩茫茫[6]。不思量，自難忘。千里孤墳，無處話淒涼。縱使相逢應不識，塵滿面，鬢如霜。

---

1　〈上邪〉是漢樂府《鐃歌》中的一首民間情歌，作者不詳。

2　上邪：上天啊！上，指天。邪，音ㄧㄝˊ，感嘆的語助詞。

3　相知：相愛、交往。

4　蘇軾 19 歲時娶妻王弗，少年夫妻官居京師，恩愛情深。可惜天命無常，王氏年僅 27 歲卒於京師。王氏逝去十年間，蘇軾因反對王安石變法避禍離京，卻連遭政敵打壓而輾轉遷移。〈江城子〉作於蘇軾調任密州（今山東諸城）知府，遭逢連年歉收、盜賊滿野的凶年，生活困苦導致以野菜為食。熙寧八年（1075）正月二十日，蘇軾夜夢王氏，悽楚哀惋，於是寫下〈江城子〉流傳千古的悼亡詞。

5　蘇軾（1037-1101），字子瞻，號東坡居士，宋眉州眉山（今四川）人。北宋著名文學家，與父蘇洵、弟蘇轍三人，合稱「三蘇」。仁宗嘉祐二年（1057）進士，歷任翰林承旨、侍讀學士、禮部尚書等職。神宗熙寧年間，因反對王安石變法遭貶謫，調任杭州通判，再調任密州（今山東諸城）、徐州（今江蘇銅山）、潮州（今浙江吳興）等地。元豐二年（1079），因「烏臺詩案」被貶為黃州團練副使（今湖北），紹聖元年（1094）再貶至惠州（今廣東惠陽）、儋州（今海南島）。徽宗靖國元年（1101）遇赦北還，病逝於常州（今江蘇常州），諡文忠。

6　生死兩茫茫：生者死者兩邊俱無消息。茫茫，不明的樣子。

夜來幽夢[7]忽還鄉。小軒窗[8]，正梳妝。相顧無言，惟有淚千行。
料得年年腸斷處，明月夜，短松岡。


## 摸魚兒・雁丘詞／邁陂塘[9]　　　　　　　元好問[10]

乙丑歲赴試并州，道逢捕雁者云：「今旦獲一雁，殺之矣。
其脫網者悲鳴不能去，竟自投於地而死。」予因買得之，葬之汾
水之上，壘石為識，號曰「雁丘」。同行者多為賦詩，予亦有〈雁
丘詞〉。舊所作無宮商[11]，今改定之。[12]

問世間，情為何物，直教[13]生死相許[14]？
天南地北雙飛客[15]，老翅幾回寒暑。
歡樂趣，離別苦，就中更有癡兒女。
君[16]應有語：渺萬里層雲，千山暮雪，隻影向誰去？

---

7　幽夢：隱隱約約的夢境。

8　軒窗：軒，窗。

9　〈摸魚兒・雁丘詞〉：又名〈邁陂塘〉，原本是唐朝教坊的曲調，後來也流行於宋朝之後的詞牌。

10　元好問（1190-1257），字裕之，號遺山，金朝著名文學家。元氏生活於金、元交替之際，備嘗國破家亡，顛沛流離之痛，寫了不少反映社會動亂，感時傷世之作，沉摯悲涼，感人至深。

11　無宮商：宮商，五音中的宮、商二音，引申為音律。無宮商，指音律不協調。

12　詞前〈序〉說明寫作動機：金朝泰和五年（1205），16歲的元好問，前往并州參加考科舉考試的半路，聽捕雁人說：「早上捕獲一對雙飛的大雁，宰殺其中一隻，另一隻脫逃。飛離空中的大雁，見到同伴慘死，悲鳴不已，竟然一頭栽下來，殉情而死。」元氏深受感動，於是買下死雁，葬在汾水旁，並且堆疊石頭標示命名「雁丘」。同行友人多寫詩歌頌，元氏也寫〈雁丘〉詞，之後加以修改，遂完成流傳千古的〈摸魚兒・雁丘詞〉。

13　直教：竟使。

14　許：跟隨。

15　雙飛客：大雁相伴雙飛。

16　君：此處指那隻殉情而死的大雁。此處「將雁擬人」，是〈摸魚兒・雁丘詞〉首度推崇大雁深情的筆法。

橫汾路，寂寞當年簫鼓，荒煙依舊平楚。[17]

招魂楚些何嗟及，山鬼暗啼風雨。[18]

天也妒，未信與，鶯兒燕子俱黃土。[19]

千秋萬古，[20] 為留待騷人，狂歌痛飲，來訪雁丘處。

## （2）愛情的選擇

### 白頭吟 [21]　　　　　　　　　佚名

皚 [22] 如山上雪，皎 [23] 若雲間月。聞君有兩意 [24]，故來相決絕。

---

17 橫汾路，寂寞當年簫鼓，荒煙依舊平楚：大雁埋葬的汾水，是漢武帝曾經率領儀仗船隊熱鬧渡河之地。當年何等盛況，如今寂寞淒涼。漢武帝《秋風辭》：「泛樓船兮濟汾河，橫中流兮揚素波，簫鼓鳴兮發棹歌。」簫鼓，指排簫、建鼓合奏作儀仗音樂。楚，叢木。平楚，遠望樹梢齊平。此處「比擬帝王」，是〈摸魚兒・雁丘詞〉二度推崇大雁深情的筆法。

18 招魂楚些何嗟及，山鬼暗啼風雨：我想為死雁招魂又有何用？雁魂也在風雨中啼哭。招魂楚些，「些」是《楚辭・招魂》句尾用字。何嗟及，悲嘆無濟於事。山鬼，此處指雁魂。

19 天也妒，未信與，鶯兒燕子俱黃土：作者不相信殉情的大雁，死後與普通鶯、燕一樣默默無聞埋入黃土，牠將留芳後世，使天地忌妒。

20 千秋萬古：殉情而死的大雁，將因此留芳後世。此處「比擬歷史」，是〈摸魚兒・雁丘詞〉三度推崇大雁深情的筆法。

21 〈白頭吟〉是一首漢樂府民歌。根據《西京雜記》記載〈白頭吟〉作者是漢代才女卓文君，由於卓文君 17 歲守寡。當時落魄才子司馬相如府上作客，巧妙彈奏《鳳求凰》大膽表白，贏得卓文君芳心。但是卓父反對戀情，兩人於是私奔，輾轉定居京城。司馬相如寫作「漢賦」受到漢武帝重用，名利雙收有了娶妾的想法。卓文君於是寫作〈白頭吟〉表達對愛情的堅持。後代學者多認為：《西京雜記》是小說，〈白頭吟〉的作者並非卓文君。然而「〈白頭吟〉作者是卓文君」的想法，仍深入人心。例如：2014 年改編自桐華的《風中奇緣》小說，李劍青取〈白頭吟〉詩句譜曲，由丁噹演唱，資料上仍以卓文君為作者。

22 皚：音ㄞˊ，潔白。

23 皎：音ㄐㄧㄠˇ，皎潔，指月色明亮。

24 兩意：指二心，與後文的「一心人」對比。

> > >

今日斗酒會，明旦溝水頭。躞蹀[25]御溝[26]上，溝水東西流。
淒淒復淒淒[27]，嫁娶不須啼。願得一心人，白頭不相離。
竹竿何嫋嫋[28]，魚尾何簁簁！[29]男兒重意氣，何用錢刀[30]為！

## 節婦吟·寄東平李司空師道[31]　　　　　張籍[32]

君知妾[33]有夫，贈妾雙明珠。
感君纏綿[34]意，繫在紅羅襦[35]。
妾家高樓連苑起[36]，良人執戟明光里。[37]
知君用心如日月，事夫誓擬同生死。
還君明珠雙淚垂，恨不相逢未嫁時。

25　躞蹀：音ㄒㄧㄝˋ　ㄌㄧㄝˊ，小步行走。

26　御溝：流經京城的水溝。

27　淒淒：音ㄑㄧ　ㄑㄧ，悲傷哀痛的樣子。

28　嫋嫋：音ㄋㄧㄠˇ　ㄋㄧㄠˇ，形容搖曳不定。

29　魚尾何簁簁：簁簁，音ㄕㄞ　ㄕㄞ，魚尾於篩中拍打。在古代民謠中，「釣魚」有求偶之意，此處是愛情的象徵。

30　錢刀：古代錢幣有做成「刀幣」造型，此處泛指錢財珍寶。

31　〈節婦吟〉出自新樂府詩，收入《全唐詩》卷三八二。節婦，指忠於丈夫，有節操的婦女。吟，一種詩的體裁名。李司空師道，李師道當時擔任平淄青節度使，又加以「檢校司空」的頭銜，勢力炙手可熱。

32　張籍（約767-約830），字文昌，郡望蘇州吳（今江蘇蘇州）人，唐代詩人。張籍為韓愈大弟子，受韓愈薦為國子博士。著名詩篇有〈塞下曲〉、〈徵婦怨〉、〈採蓮曲〉、〈江南曲〉。

33　妾：古代婦女對自己的謙稱，此處是詩人自喻。

34　纏綿：情深意重。

35　羅襦：輕軟的絲織短襖。羅，質地輕軟的絲織品。襦，穿在單衫外的短襖。

36　高樓連苑起：聳立的高樓連接著園林。苑，帝王及貴族遊獵的園林。起，矗立著。

37　良人執戟明光里：良人，舊時妻子對丈夫的稱呼。執戟，指守衛宮殿的門戶。戟，古代兵器。明光，原本是漢代宮殿名，這裡指皇帝的宮殿。

## 愛的辯證（一題二式）[38]　　　　洛夫[39]

尾生與女子期於梁下，女子不來，水至不去，抱梁柱而死。
——《莊子·盜跖篇》[40]

**式一：我在水中等你**

水深及膝

淹腹

一寸寸漫至喉嚨

浮在河面上的兩隻眼睛

仍炯炯然

望向一條青石小徑

兩耳傾聽裙帶撫過薊草的窸窣


日日

月月

千百次升降於我脹大的體內

石柱上蒼苔歷歷

臂上長滿了牡蠣

髮，在激流中盤纏如一窩水蛇

---

38　〈愛的辯證（一題二式）〉，選自：洛夫著《因為風的緣故》，九歌出版社 2008 年出版。

39　洛夫（1928-2018），本名莫洛夫，湖南省衡陽人。1954 年時與張默、瘂弦等人合辦《創世紀》詩社，早年為一超現實主義詩人，表現手法近乎魔幻，被詩壇譽為「詩魔」。對臺灣的現代詩發展頗有影響。其後沉潛於書法之探索，不僅擅長魏碑、漢隸，尤其精於行草，風格靈動，境界高遠，多次在臺北、菲律賓、馬來西亞、溫哥華、紐約、北京、濟南、深圳等地展出。

40　《莊子·盜跖篇》記錄：古代有位尾生的男子與女子相約於橋下見面，女子還未來，但河水已暴漲。尾生為了不失信於她，緊抱橋柱癡等，最終被淹死。

> > >

緊抱橋墩
我在千尋之下等你
水來我在水中等你
火來
我在灰燼中等你


**式二：我在橋下等你**
風狂，雨點急如過橋的鞋聲
是你倉促赴約的腳步？
撐著那把
你我共過微雨黃昏的小傘
裝滿一口袋的
雲彩，以及小銅錢似的
叮噹的誓言

我在橋下等你
等你從雨中奔來
河水暴漲
洶湧至腳，及腰，而將浸入驚呼的嘴
漩渦正逐漸擴大為死者的臉
我開始有了臨流的怯意
好冷，孤獨而空虛
如一尾產卵後的魚

篤定你是不會來了
所謂在天願為比翼鳥
我黯然拔下一根白色的羽毛
然後登岸而去
非我無情
只怪水比你來得更快
一束玫瑰被浪捲走
總有一天會漂到你的手中

> > >

〈上邪〉是一位癡情女子對愛人的熾熱表白。本詩運用「指天為誓」的表情方式，設想兩組自然異變「山無陵，江水為竭」；兩組季節紊亂「冬雷震震，夏雨雪」；甚至地球毀滅「天地合」等，各種不可能發生的大災難，來表達「與君絕」是此生不可能終止的愛情。由女主「一人獨白」的抒情方式，準確又堅定地傳達熱戀中人的情深奇想、熾熱愛情，氣勢豪放又感人肺腑。

〈江城子〉是一首亡妻死後十年的相思詞。上片「十年生死兩茫茫」是時間上的生死相隔，其間困頓一言難盡。「不思量」、「自難忘」兩組看似矛盾的心思，凸顯不因現今的困頓，而遺忘昔日的青春記憶。「千里孤墳，無處話淒涼」，是空間上相隔千里，無法親臨墳前悼念的無奈。「縱使相逢應不識，塵滿面，鬢如霜」，死別十年後蘇軾容顏與形體蒼老衰敗，「縱使相逢」是絕望的假設、現實夢幻的交混。〈江城子〉以「記夢」為主題，其實僅有下片「夜來幽夢忽還鄉……惟有淚千行」五句與夢境有關。夜裡忽然夢回故鄉，王弗一如昔時端坐內室臨窗梳妝。久別重逢，應是互訴衷情，竟以千行淚傳達無言的沉痛，顯得夢境的無限淒涼。結尾「明月夜，短松岡」，回到幽深淒切的現實，詞意綿綿，餘音不絕。

〈摸魚兒‧雁丘詞〉作者於 16 歲，參與科舉考試路途中，親聞大雁殉情而死的故事。深受震撼，寫下悽婉纏綿、感人至深的愛情悲歌。「問世間情是何物，直教生死相許？」震驚、同情、於大雁的恩愛情深，化為雷霆萬鈞的靈魂拷問，問自己、問世人、問蒼天。「天南地北雙飛客，老翅幾回寒暑。……癡兒女」，大雁天涯共飛相伴，雙雙度過了多少寒暑？有過歡樂，不願離別。如此癡情，世間難尋。因此詞三度推崇大雁，一是「君應有語」，比擬人；二是「橫汾路……當年簫鼓」，比擬帝王；三是「千秋萬古」比擬歷史。三度推崇，一層高過一層，凸顯大雁相伴共飛，生死相隨的「至情」，將隨〈摸魚兒‧雁丘詞〉永不磨滅。

　　〈白頭吟〉內容以女性口吻，主張愛情應如「山上白雪、雲間明月」一般純淨，不容背叛。運用「今昔對比」的敘事技巧，既然「今日」是最後的聚會飲酒，「明日」夫妻關係將如流水般結束。女主滿懷心事、小步行走在環繞宮牆的水道旁，回想「昔日」毅然出嫁，滿心以為：嫁給情投意合、一心相愛的郎君，因此並不像一般新嫁娘，遠離熟悉的親人、家園，而擔心哭泣。「如今」夫君有意娶妾，男子漢應當重情重義，任何錢財都無法補償失去的愛情、流逝的青春。全詩「由景入情」，先提起「山上雪」、「雲間月」，再說明婚姻破裂的原因。由「昔日出嫁」、「今日分離」的「今昔對比」敘事技巧，一方面映現失婚後的心路歷程，二方面也彰顯堅韌的女性形象。

　　〈節婦吟〉表面是「有夫之婦」拒絕「已婚男子」，贈送厚禮雙明珠深情追求的詩。實則中唐安史之亂後，藩鎮割據擁兵自重，不受朝廷控制。張籍為維護國家主權完整，反對藩鎮勾結分裂，以「君／李師道」與「妾／張籍」的比喻，回絕李師道節度使想要收買自己的意念，是一首具有雙層內涵的唐詩精品。首二句「君知妾有夫，贈妾雙明珠。」直指「君／李師道」不守禮法。次二句「感君纏綿意，系在紅羅襦。」為此君情意所感，將明珠繫在紅羅襦上。再二句「妾家高樓連苑起，良人執戟明光里。」意指自己是唐王朝的士大夫。又二句「知君用心如日月，事夫誓擬同生死。」先表明理解對方的心意，再申明自己的心志。後二句「還君明珠雙淚垂，恨不相逢未嫁時。」看似深情而委婉的拒絕，其實對方是炙手可熱的藩鎮高官，無法得罪。

　　〈愛的辯證（一題二式）〉以《莊子·盜跖》篇「尾生抱柱」為核心，重新改寫了男主的兩種結局，「式一：我在水中等你」，第一節：河水暴漲及膝、淹腹、喉嚨，生死已在一線之間，癡等許久的男主「浮在河面上的兩隻眼睛／仍炯炯然」，眼望、耳聽、想

像，愛人赴約。第二節：「日日／月月」時間流逝已久，屍體脹大、髮盤如蛇。第三節：等待的心意不變，「水來我在水中等你／火來我在灰燼中等你」，至死不渝。「式二：我在橋下等你」第一節：「風狂，雨點急如過橋的鞋聲／是你倉促赴約的腳步？」不畏風雨等待愛人的男主。第二節：「我在橋下等你／等你從雨中奔來」，但是「河水暴漲」，男主「開始有了臨流的怯意」。第三節：男主「篤定你是不會來了……登岸而去／非我無情／只怪水比你來得更快」，從此別過，各自安好。

〈上邪〉「我欲與君相知，長命無絕衰。」〈白頭吟〉「願得一心人，白頭不相離」。〈節婦吟〉「還君明珠雙淚垂，恨不相逢未嫁時。」以上三首摘句皆主張專一的愛情觀。

〈江城子〉「十年生死兩茫茫，不思量，自難忘」，〈摸魚兒・雁丘詞〉「問世間情是何物，直教生死相許？」以上兩首摘句，呈現生死無法隔絕的摯愛觀。

〈愛的辯證（一題二式）〉式一「水來我在水中等你／火來我在灰燼中等你」；式二「登岸而去／非我無情／只怪水比你來得更快」，在死亡面前的兩種愛情走向。

讀畢「愛戀詩詞選」單元呈現的愛情觀與愛情走向，現在青春的你／妳期待遇到哪一種愛情？觀察社會新聞或長輩親戚，當中年之後、老年之後，他們的愛情觀與愛情走向，又有什麼不同？

（王淑蕙編撰）

## 1-2 親情詩選

國峻不回來吃飯[1]　　　　　　黃春明[2]

國峻
我知道你不回來吃晚飯
我就先吃了
媽媽總是說等一下
等久了，她就不吃了
那包米吃了好久了，還是那麼多
還多了一些象鼻蟲

媽媽知道你不回來吃飯
她就不想燒飯了
她和大同電鍋也都忘了
到底多少米要加多少水？
我到今天才知道
媽媽生下來就是為你燒飯的
現在你不回來吃飯

---

1　本詩於 2004 年 6 月 20 日發表於《聯合報》副刊，後收錄於陳義芝主編、二魚文化出版的《2004 臺灣詩選》。黃國峻（1971-2003），是作家黃春明的次子，也是新興作家，曾獲聯合文學新人獎。著有小說《度外》、散文集《麥克風試音》、短篇小說集《盲目地注視》，作品風格有一股黑色憂鬱的氣息。2003 年在家中陽臺自縊身亡，享年 31 歲。

2　黃春明：黃春明，1935 年出生於宜蘭，是臺灣當代重要的鄉土文學作家，代表作品有《兒子的大玩偶》、《小琪的那頂帽子》、《蘋果的滋味》、《莎喲娜啦・再見》、《看海的日子》、《我愛瑪莉》、《等待一朵花的名字》等，有不少作品被改編拍成電影，曾獲吳三連文藝獎、國家文藝獎、中國時報文學獎。近幾年創作的重心轉向兒童文學、兒童戲劇，以及社區總體營造的文化工作。

> > >

媽媽什麼事都沒了
媽媽什麼事都不想做
連吃飯也不想

國峻
一年了，你都沒回來吃飯
我在家炒過幾次米粉請你的好友
楊澤、焦桐、悔之、栗兒……
還有袁哲生[3]，噢！哲生沒有
他三月間來向你借汪曾祺[4]的集子
還對著你的掛相說了些話
他跟你一樣：不回家吃飯了

我們知道你不回來吃飯
我們就沒等你
也故意不談你
可是，你不回來吃飯
那個位子永遠在那裡啊
你的好友笑我

---

3 　袁哲生：袁哲生（1966-2004），淡江大學西洋語文研究碩士，曾獲第十七屆、第二十二屆時報文學獎短篇小說首獎，及多項文學獎。著有小說集《靜止在樹上的羊》、《寂寞遊戲》、《秀才的手錶》、《倪亞達》、《猴子》、《羅漢池》等。曾任《FHM 男人幫》國際中文版總編輯，國峻輕生後曾寫文章緬懷他。2004 年袁哲生難忍精神官能症，自縊身亡，遺書中提到：「痛苦到無法工作，亦無法面對往後的人生」，享年 38 歲。

4 　汪曾祺：汪曾祺（1920-1997），為中國當代作家，代表作為短篇小說《受戒》和《大淖記事》，作品特色為文風恬淡，筆觸幽默，以及筆下那些純樸的市井小民，被譽為開創了「八〇年代中國小說新格局」。

說我愛吃酸的
所以飯菜都加了醋
天大的冤枉
滿桌的醋香酸味那裡來？

望梅止渴吧
你不回來吃飯
望著那個空位叫誰不心酸？
國峻

圖片來源：聯合文學出版社／提供

> > >

喪子之痛是怎樣的痛呢？尤其面對孩子的自我了結，這種突如其來的震撼恐怕更令人父難以釋懷。黃國峻是國寶作家黃春明的兒子，也是文壇新星，卻在 2003 年 6 月 20 日自縊於自宅，沒有留下遺書。事件發生後，黃春明一直低調處理此事，唯獨透過他的作品，才能一窺他的內心世界。

　　「家」是每個人的歸屬，「回家吃飯」更是一家人在忙碌一天之後，溫馨的小聚時刻，因此「回家吃飯」飽含著等待與歡欣，可是遭逢變故後，「回家吃飯」就變成家人的椎心之痛。

　　〈國峻不回來吃飯〉全詩用「呼告」手法對國峻說話，彷彿他就在面前。首段敘述父親和母親的態度，父親坦然接受這個事實，母親卻要再等一下，等久了她就不吃了，暗示母親失子之痛難以下嚥。第二段說到母親終於也認清事實，但也失去了做任何事的動力，表示母親痛失愛子，自己的人生亦被抽走了，買菜、煮飯這些平日為孩子做的事情，都毫無意義了。第三段特別提到袁哲生，他是國峻的朋友，因為憂鬱症而自殺，所以說他也不回來吃飯了，這何嘗不是另一個家庭——「國峻不回來吃飯」的翻版？第四段和末段說到家裡少了一個人，即使不刻意談起，他的位置仍然在那裡，本該是歡聚的吃飯時刻，滿桌菜餚吃到嘴裡也變成醋香酸味。

　　全詩以「國峻」始，以「國峻」終，國峻不是不回來吃飯，而是再也不會回來吃飯了，看似輕描淡寫，實則失去孩子的傷痛不言而喻，細細品讀，可謂滿紙傷懷。

　　「生命總會找到出口」，請問你認同這句話嗎？當你的生命遇到困境時，你會尋求哪些管道解決？

（許雅貴編撰）

## 致你們的父親[5]　　　　　　鯨向海[6]

父親，我可以對你坦白嗎？
我是 G 的。
我和你有多少分相像？
你也是 G 的嗎？
如果有一天我也愛上一個像你的男人
你能夠原諒我嗎？
受困苔蘚蔓生的城市
從健身房浪跡到游泳池的旅程
眼神交換之際
突然綻放的肉體
我如何保持安靜
「我愛你」
絕非埋葬在兩人間的私事
怎樣的愛人在我後面？
怎樣的愛人願意來到我的下面？
你不想知道嗎？我是你的兒子
也是戰火中的同志
第一次，請讓我
如是活著

---

5　本詩選自《通緝犯》，由木馬文化於 2002 年出版，是鯨向海第一本詩集。2012 年由大塊文化
　　出版第四本詩集《犄角》，再度收錄此詩並將後記刪除。

6　鯨向海：本名林志光，1976 年生，長庚醫學系畢業，現為精神科醫師。曾獲 2002 年第一屆
　　PChome Online 明日報網路文學獎首獎、大專學生文學獎、臺北市公車捷運詩徵選首獎、全
　　國學生文學獎新詩首獎、全國優秀青年詩人獎、教育部文藝創作獎等，被視為是新世代網路詩
　　人的代表。著有詩集《通緝犯》、《精神病院》、《大雄》、《犄角》、《每天都在膨脹》，
　　散文集《沿海岸線徵友》、《銀河系焊接工人》等。

> > >

青春到了最鮮艷處
隨時可能蒸散
父親，我可以對你坦白嗎？
前方風雨仍無止盡
愛我的男人都來了
渾身濕透，像你
仔細擦乾我的身體

（後記：父親節，獻給所有與父親失和，或本身也是父親的男同
志。）

詩人鯨向海。
圖片來源：何經泰攝影，鯨向海提供

◈
**閱讀錦囊**
◈

　　本詩是一首男同志尋求父親認同的詩,詩題雖是〈致你們的父親〉,內容卻以第一人稱自白。詩一開始,連用幾個問句,表達自己該不該出櫃的小心翼翼,一個男子愛上跟父親一樣性別的男子,這麼難以啟齒的事情可以跟父親坦白嗎?接著大膽表露男同志間的性愛,難道父親不想知道,是怎樣熾熱的愛,可以顛覆傳統的倫常呢?男子認為兩人相愛並表達愛意,絕非是一件祕密的事,卻因為是同性別,只能將關係隱藏,無法公諸於世,所以想勇敢地為自己活一次,在得到他人的認可之前,想先得到父親的理解。故再次詢問可以跟父親坦承自己的同志身分嗎?即使這條路上充滿荊棘,仍有許多同志一直在努力,彼此安慰鼓勵,就像父親您一樣,當我遇到困境時,您也願意為我擦拭傷痕累累的身體。(所以如果我坦白了,您會支持我嗎?)詩〈後記〉寫到:「獻給所有與父親失和,或本身也是父親的男同志。」前句是指因出櫃而不被父親認同,甚至造成父子失和的男同志;後句隱約透露出有多少的深櫃,迫於傳統壓力而結婚生子,因此才會有「我和你有多少分相像?你也是G的嗎?」這樣看似突兀的詩句穿插其中,那麼面對自己孩子的出櫃,躲在深櫃的父親作何感想?是會支持抑或反對呢?

　　臺灣在 2019 年 5 月 17 日通過了同婚專法,成為亞洲第一個婚姻平權國家,這條抗爭的路,同志族群走了三十年[7],如同詩中所言:「我是你的兒子/也是戰火中的同志。」如今同志婚姻有了保障,無論是反同或挺同,我們理應尊重多元的社會環境,還給同志一個平等的生活空間。

---

7　立法院第一次討論同性婚姻在 1986 年,第一個同運組織在 1990 年代成立,2010 年前後有同婚修法運動,最終在 2019 年通過行政院版《司法院釋字第七四八號解釋施行法》,臺灣成為亞洲第一個同性婚姻合法化的國家。

**練功坊**

1 鯨向海曾對「同志詩」下一定義：「不見得需要具體的同性性行為指涉，只要是描繪同性間的愛慕情緒，對於同性體貌的細緻欣賞，對於同性間互動的親密滿足，而可以與異性戀情感進行類比者，皆可以列入此類範疇。」請依此標準，收集一至兩首同志詩，並試著解讀它。

2 同性婚姻合法讓同志族群享有跟異性戀婚姻基本的保障，然不僅僅是在「權利」上有所爭議，同時也衝擊社會大眾價值觀的認同與改變，請分享你對同性婚姻的看法。

（許雅貴編撰）

## 1-3 友情詩文選

### 〈夢李白[1]〉之一　　　　　　　　　　　　　　　杜甫[2]

死別已吞聲[3]，生別常惻惻[4]。江南瘴癘[5]地，逐客無消息。

故人入我夢，明我長相憶。恐非平生魂，路遠不可測[6]。

魂來楓葉青[7]，魂返關塞黑[8]。君今在羅網[9]，何以有羽翼？

落月滿屋梁，猶疑照顏色。水深波浪闊，無使蛟龍[10]得。

1　李白：李白（701-762），字太白，號青蓮居士，祖籍隴西成紀（今甘肅省秦安縣），家居四川綿州（今四川省綿陽縣西南），為唐代著名的大詩人。個性率真豪放，嗜酒好遊。玄宗時曾為翰林供奉，後因得罪權貴，遭排擠而離開京城，最後病死當塗。其詩高妙清逸，世稱為「詩仙」。與杜甫齊名，時人號稱「李杜」。著有《李太白集》，也稱為「李太白」。

2　杜甫：杜甫（712-770），字子美，號少陵，有「詩聖」之稱。祖籍湖北襄陽，出生於河南鞏縣。官左拾遺、工部員外郎，故也稱為「杜工部」。杜甫博極群書，善為詩歌。在政治上始終不得志，中年後過著坎坷流離的生活，他的詩博大雄渾，千態萬狀，不僅慨嘆自己遭時不遇，亦反映出當時的社會動亂形態，故有「詩史」之名。著有《杜工部集》，也稱為「杜陵布衣」、「老杜」。

3　吞聲：無聲的悲泣。

4　惻惻：悲痛貌。

5　瘴癘：南方濕熱地區流行的瘟疫，故古稱江南為瘴癘之地。

6　不可測：生死未明，不敢斷定。

7　魂來楓葉青：江南多楓，指李白所在之地，出自《楚辭・招魂》：「湛湛江水兮上有楓，目極千里兮傷春心。魂兮歸來哀江南。」意指李白魂魄自蓊鬱的江南而來。

8　魂返關塞黑：關塞，指杜甫所在的秦州。意指李白魂魄自昏黑險要的秦州而返。

9　羅網：比喻牢獄。

10　蛟龍：比喻陷害忠良之惡人。

> > >

# 題[11]長安壁[12]主人　　　　　　　　　　張謂[13]

世人[14]結交須黃金，黃金不多交不深。
縱令[15]然諾[16]暫相許，終是悠悠[17]行路心[18]。

---

11　題：題寫。

12　壁：牆壁。題壁詩即寫在牆壁上的詩，多半是作者當下的有感而發，有名的題壁詩如：崔顥〈黃鶴樓〉、李商隱〈九日〉、蘇軾〈題西林壁〉、陸游〈釵頭鳳〉（詞）等。

13　張謂：張謂（？-777），字正言，河內（今河南泌陽縣）人。唐天寶二年（743）登進士第，乾元中為尚書郎，大曆年間潭州刺史，後官至禮部侍郎，三典貢舉。其詩辭精意深，講究格律，詩風清正，多飲宴送別之作，《全唐詩》錄其詩 40 首。

14　世人：世俗之人。

15　縱令：即使。

16　然諾：給予承諾。

17　悠悠：冷漠。

18　行路心：路人的心裡。

◇
**閱讀錦囊**
◇

　　李杜兩大詩人的相遇相識，可謂是文學史上最令人激動的碰撞，彼時李白被唐玄宗賜金放還，杜甫則進士落第遊歷四處，彼此失意的兩人在洛陽一見如故，攜手共遊，結下深厚的友誼，即使日後分離難以見面，杜甫仍將對李白的思念化為詩句遙寄對方。

　　〈夢李白〉的寫作背景為乾元二年（759），李白因入永王李璘幕府而被流放夜郎，後遭赦得還，由於音訊阻隔，杜甫無法探知李白是生是死的消息，如果故人已逝，就無聲地悲泣一場，然生死未卜的情況下，只能無時無刻為他擔憂，想來生離比死別更令人悲痛。杜甫掛心被貶到瘴癘之地的李白無消無息，於是日有所思、夜有所夢，是夜夢到李白，認為是貼心的李白感受到他的掛念特來入夢，但轉念一想，也許對方已是鬼魂了吧，否則如何跨越路程的阻隔？這種半信半疑的心理狀態，正是杜甫牽腸掛肚的心理反應，進一步設想李白魂魄往返的情景，畢竟李白現在的處境是身陷囹圄，怎麼可以來去自如呢？再次對「恐非平生魂」的推斷。而後詩人夢醒，見到月光灑在屋樑上，在現實與虛幻交錯間，彷若看到李白憔悴的容顏在前。但無論是人是鬼，是生或死，杜甫仍不忘叮嚀老友：「水深波浪闊，無使蛟龍得」，畢竟李白自潯陽到夜郎，一路經過洞庭、三峽，路途險惡不說，還必須提防有心之人的迫害。全詩先表達自己的擔憂悲傷，接著點題敘述夢中之情景，最末囑咐對方小心謹慎，充滿牽掛故友的深情，展現出對李白真摯的情誼。

　　〈題長安壁主人〉是一首淺顯易懂、卻一語中的的哲理詩。詩人張謂未成名前，曾客居長安一段時間，也許在京城嚐盡冷眼、經歷世態炎涼，憤而在房東住處題下這首詩。詩裡明確提到世俗之人的相交以「金錢」、「利益」為前提，當中不見任何真心，如果給的利益不夠多，情誼自然不深厚，即使對方給予你承諾，也是看在金錢的面子上而答應去做，實際上他對你就像過路的人一樣冷漠。這種世俗社會的友誼，完全建立在「黃金」多寡上，沒有黃金就甭提交情，看來這也不是真正的友情，才令當時尚未顯達的詩人有感

而發。詩歌評論家稱此詩：「言簡意深，燦如照人眉睫的明珠，利若一擊而中的匕首。」即使放到現今社會，這種「金錢至上」的社會現象仍隨處可見，不知引起多少讀者的共鳴。本詩平易中見深遠，樸素中見高華，道出詩人身處的社會現實，不難看出他的悲憤和無奈。

## 練功坊

1 〈夢李白〉共有兩首，課文收錄其一，請自尋其二，解讀杜甫對李白的拳拳盛意。

2 請藉由交友狀況的自省，梳理出個人交友觀，檢視自己的交友觀的合理性與不合理性，說明該如何調整。

（許雅貴編撰）

# 與山巨源[19]絕交書

嵇康[20]

康白[21]：足下昔稱吾[22]於潁川，吾常謂之知言[23]。然經怪此意，尚未熟悉於足下，何從便得之也？前年從河東還，顯宗、阿都[24]說足下議以吾自代，事雖不行，知足下故不知之。足下傍通[25]，多可而少怪；吾直性狹中，多所不堪[26]，偶與足下相知耳。閒聞足下遷[27]，惕然[28]不喜，恐足下羞庖人之獨割，引尸祝[29]以自助，手薦[30]鸞刀，漫[31]之羶腥，故具為足下陳其可否。

吾每讀尚子平、臺孝威[32]傳，慨然慕之，想其為人。少加孤露，母兄見驕，不涉經學。性復疏懶，筋駑肉緩，頭面常一月、十五

---

19 山巨源：山濤（205-283），字巨源，魏晉間河內懷（今河南省沁陽縣）人。性好老莊，為竹林七賢之一。官至吏部尚書，立朝清儉無私，甄拔人物皆一時俊彥，卒諡康。

20 嵇康：嵇康（223-262），字叔夜，三國魏譙郡（今安徽省亳縣）人。博學有奇才，不與世俗同流。官至中散大夫，故世稱「嵇中散」。好老、莊之學，擅四言詩。與山濤、阮籍等人為友，世稱「竹林七賢」，後為司馬昭所殺。著有〈養生論〉、〈聲無哀樂論〉、〈琴賦〉等。

21 白：告白、述說，是書信的套語。

22 稱吾：指山濤稱道嵇康不願為官。

23 知言：知音，指深知我為人的話。

24 顯宗、阿都：嵇康的兩位朋友。顯宗是字，姓公孫，名崇，曾任尚書郎。阿都姓呂名安，字仲悌，因事連累嵇康一同遭害。

25 傍通：博通事理，這裡有善於應變、見風轉舵的諷刺意思。

26 所不堪：所不能容納。

27 閒聞足下遷：近來聽說您升了官。

28 惕然：恐懼憂慮的樣子。

29 尸祝：尸，代表死者受祭的活人。祝，負責稟告鬼神的人。「恐足下羞庖人之獨割，引尸祝以自助」語出《莊子·逍遙遊》：「庖人雖不治庖，尸祝不越樽俎而代之矣。」意謂各有崗位，不能越職代辦。嵇康批評山濤勉強自己做不合心志的事情。

30 薦：舉。

31 漫：沾汙。

32 尚子平、臺孝威：兩人皆為東漢有名的隱士。

> > >

日不洗，不大悶癢，不能沐也。每常小便而忍不起，令胞[33]中略轉乃起耳。又縱逸來久，情意傲散，簡與禮相背，懶與慢相成，而為儕類[34]見寬，不攻其過。又讀《莊》、《老》，重增其放，故使榮進之心日頹[35]，任實之情轉篤[36]。此猶禽鹿，少見馴育，則服從教制；長而見羈，則狂顧頓纓[37]，赴蹈湯火；雖飾以金鑣，饗以嘉肴，愈思長林而志在豐草[38]也。

又人倫有禮，朝廷有法，自惟[39]至熟，有必不堪者七，甚不可者二：臥喜晚起，而當關呼之不置，一不堪也。抱琴行吟，弋[40]釣草野，而吏卒守之，不得妄動，二不堪也。危坐[41]一時，痹不得搖，性[42]復多蝨，把搔無已，而當裹以章服[43]，揖拜上官，三不堪

---

33 胞：膀胱。

34 儕類：同輩。

35 榮進之心日頹：追求榮華仕進的心思一天比一天衰退。

36 任實之情轉篤：放任本性的心情不斷地轉向深厚。

37 狂顧頓纓：瘋狂地擺頭扯繩。

38 愈思長林而志在豐草：愈加思念茂密的森林而嚮往豐美的草地。長林、豐草比喻歸隱。

39 惟：同「維」，指思考、思慮。

40 弋：繫有細絲繩的箭，射鳥的器具，這裡指射鳥。

41 危坐：端正地坐著。

42 性：指身體。

43 章服：彩服，指官服、禮服。

也。素不便書，又不喜作書，而人間[44]多事，堆案盈機[45]，不相酬答，則犯教傷義，欲自勉強，則不能久，四不堪也。不喜弔喪，而人道[46]以此為重，已為未見怨者所怨，至欲見中傷者；雖瞿然自責，然性不可化，欲降心順俗，則詭故[47]不情，亦終不能獲無咎無譽[48]，如此，五不堪也。不喜俗人，而當與之共事，或賓客盈坐，鳴聲聒耳[49]，囂塵[50]臭處，千變百伎[51]，在人目前，六不堪也。心不耐煩，而官事鞅掌[52]，機務[53]纏其心，世故繁其慮，七不堪也。又每非湯、武而薄周、孔，[54]在人間不止，此事會顯，世教所不容，此甚不可一也。剛腸疾惡，輕肆直言，遇事便發，此甚不可二也。以促中[55]小心之性，統此九患，不有外難，當有內病，寧可久處人間邪？又聞道士遺言，餌術黃精[56]，令人久壽，意甚信之；遊山澤，觀魚鳥，

44　人間：指官場，與隱逸相對而言。

45　堆案盈機：公函堆滿桌子。

46　人道：指人情世俗的常規。

47　詭故：違反、違背。故：指本性。

48　無咎無譽：咎，過失。譽，榮譽。

49　聒耳：噪耳。

50　囂塵：囂，叫囂，指聲音嘈雜。塵：指塵埃飛揚。囂塵指嘈雜而又骯髒。

51　伎：伎倆。

52　鞅掌：指事務煩忙。

53　機務：政事要務、官府要事。

54　又每非湯、武而薄周、孔：非，批評。薄，看輕。此句有借古諷今之意，顯露了嵇康對大將軍司馬昭企圖篡奪魏朝政權的不滿。

55　促中：狹隘的心胸。

56　餌術黃精：餌，服食。術、黃精：都是藥名，相傳久食能延年益壽。

> > >

心甚樂之。一行作吏，此事便廢，安能捨其所樂，而從其所懼哉！

夫人之相知，貴識其天性，因而濟[57]之。禹不逼伯成子高，全其節也；仲尼不假蓋於子夏，[58]護其短也；近諸葛孔明不逼元直以入蜀[59]，華子魚不強幼安以卿相，[60]此可謂能相終始，真相知者也。足下見直木不可以為輪，曲木不可以為桷，[61]蓋不欲枉其天才[62]，令得其所也。故四民有業[63]，各以得志為樂，唯達者為能通之，此足下度內[64]耳。不可自見好章甫[65]，強越人以文冕也；[66]己嗜臭腐，養鵷雛以死鼠也。[67]吾頃學養生之術，方外榮華，去滋味，遊心於寂寞[68]，以無為為貴。縱無九患，尚不顧足下所好者。又有心悶疾，頃轉增篤，私意自試，不能堪其所不樂。自卜已審，若道盡途窮

---

57 濟：成全。

58 仲尼不假蓋於子夏：孔子準備外出，正碰上下雨，某弟子建議向子夏借傘蓋，孔子說：「子夏為人小器，我聽說與人交往，要器重他的長處，迴避他的短處，這樣才能長久地交往。」因此孔子決定不向子夏借傘蓋。

59 諸葛孔明不逼元直以入蜀：元直即徐庶，三國時期有名的謀士。他本與諸葛亮跟從劉備，因其母被曹操所俘，不得已投奔曹操，諸葛亮不勉強他投靠劉備。

60 華子魚不強幼安以卿相：華歆，字子魚。魏文帝時當宰相，華歆曾推薦管寧（字幼安）做官，管寧堅辭不受，全家渡海而去，華歆也不強加勸阻。詳見《三國志・魏書・管寧傳》。

61 曲木不可以為桷：桷，音ㄐㄩㄝˊ，方形的屋椽。此句指彎曲的木料不能用來做屋椽。

62 天才：才同材，天才指自然生成的性質。

63 四民有業：指士、農、工、商。

64 度內：識度以內的事。

65 自見好章甫：章甫，殷代的禮帽。自見好章甫指自己喜歡帽子。

66 強越人以文冕也：越人指浙江、福建一帶古時的土著居民。文冕是有花紋的禮帽，意同「章甫」。傳說古越人斷髮文身，沒有戴帽的習慣。強越人以文冕也：拿漂亮的帽子去強迫沒有戴帽習俗的越國人戴上。

67 己嗜臭腐，養鵷雛以死鼠也：不能因為自己愛吃腐臭的東西，就拿死老鼠去餵養鳳鳥。語出《莊子・秋水》：「夫鵷雛……非梧桐不止，非練實（竹子果實）不食，非醴泉不飲。於是鴟（貓頭鷹）得腐鼠，鵷雛過之，仰而視之曰：『嚇！』」嵇康之文，以「己」喻山濤，以「死鼠」喻官職，以「鵷雛」自喻。鵷雛：類似鳳凰的名貴鳥。

68 寂寞：指清靜恬淡的境界。

則已耳。足下無事冤之,令轉於溝壑[69]也。

　　吾新失母兄之歡,意常悽切。女年十三,男年八歲,未及成人,況復多病。顧此恨恨[70],如何可言!今但願守陋巷,教養子孫,時與親舊敘闊,陳說平生,濁酒一杯,彈琴一曲,志願畢矣。足下若嬲[71]之不置,不過欲為官得人,以益時用耳。足下舊知吾潦倒粗疏,不切事情,自惟亦皆不如今日之賢能也。若以俗人皆喜榮華,獨能離之,以此為快,此最近之,可得言耳。然使長才廣度,無所不淹[72],而能不營[73],乃可貴耳。若吾多病困,欲離事自全,以保餘年,此真所乏耳,豈可見黃門而稱貞哉[74]!若趣欲共登王途,期於相致,時為歡益,一旦迫之,必發其狂疾。自非重怨,不至於此也。

　　野人有快炙背而美芹子者,[75]欲獻之至尊[76],雖有區區之意,亦已疏矣。願足下勿似之。其意如此,既以解足下,並以為別。嵇康白。

---

69　轉於溝壑:指死亡。

70　恨恨:音ㄌㄧㄤˋ,悲愴的樣子。

71　嬲:音ㄋㄧㄠˇ,糾纏。

72　淹:水浸,引申為貫通。

73　營:經營。這裡指謀求當官。

74　豈可見黃門而稱貞哉:黃門,宦官、太監。此句謂太監不淫亂,並非出於貞潔,而是失去了生育條件。這是嵇康比喻自己不當官並非出於潔身自好,而是缺乏當官的才能氣度。

75　野人有快炙背而美芹子者:野人,田野之人,即農夫。炙,烤。芹子,芹菜。出自《列子·楊朱》中「野人獻曝」的典故:宋國有個農夫,春天在田野耕種,太陽曬在背上感到很暖和,回家對他的妻子說:「太陽曬在背上很暖和,沒有人知道這件事,我準備把這種取暖的方法獻給君王,一定會得到重賞。」他的妻子回答說:「過去有個愛吃芹菜的人,對鄉里的豪紳誇獎芹菜的美味,結果鄉紳一吃,又苦又澀,眾人就譏笑這個推薦芹菜的人。」

76　至尊:指天子或君王。

> > >

　　本文是嵇康寫給山濤的絕交信，曾被嵇康視為「知音」的山濤，卻因舉薦嵇康做官而遭嚴詞拒絕，甚至寫信絕交，這當中有其複雜的時代因素，非只是表面的友情斷交。在黑暗的魏晉時期，兩人同屬「竹林七賢」，與其他五人終日放蕩形骸，飲酒於山林，在司馬懿發動政變之後，兩人的政治意趣有不同歸向，山濤投靠了司馬氏，嵇康則維護曹氏一族，因而當山濤舉薦嵇康為司馬氏當官，他對司馬氏長久的不滿藉此抒發，文中可分成幾個重點：[77]一、認為山濤不是真正的知己，並不了解他的本性，為「絕交」埋下伏筆。二、以眾多歷史人物為例，無論他們得志或失意，皆不失本性，無法強行改變他們的志向。三、講述自己平時懶散放蕩的生活習慣，不求功名利祿，只追隨真率自然的志向，暗示自己將遭逢禍患。四、提出若去做官，會有「七不堪」、「甚不可二」的情況，其政治態度是「非湯、武而薄周、孔」，實則是謾罵司馬氏的篡奪行為。五、主張人各有志，朋友交往應是互相理解志趣，並支持理解對方，山濤卻勉強他出來做官，這麼看來山濤不配為嵇康的朋友。六、陳述自己的理想生活，即是享受家庭，安享餘年，希望山濤不要強求他出仕。七、舉「野人獻曝」之典故，直言山濤不要疏遠事理而強加於人，最末「並以為別」，正式提出絕交之意。

　　其實山濤又何嘗不了解嵇康的志趣，他的舉薦是希望嵇康妥協而保全生命；嵇康的果斷絕交，是不願牽連朋友，表面在指責山濤不懂自己，實際是表明自己與司馬氏拒不合作的態度，這是雙方的另一種友情展示。全信言詞激烈，將批評、道理、事例融為一體，呈現出嵇康不受禮法約束、放任自然的真性情。信末雖表示絕交，但嵇康最終被司馬氏所殺時，臨刑前對兒子嵇紹說：「巨源在，汝不孤矣。」此舉無疑把兒子託孤給山濤，代表他對山濤的全權信任，

---

77　本文因篇幅關係略有刪減，重點二刪除部分建議去翻看原文。

山濤也不負故友所託，將嵇紹培養為一代忠義之臣[78]，兩人的情誼，非只是一封絕交信來定論。

劉勰《文心雕龍》稱此文：「志高而文偉」；江進之《亙史外記》：「此等文字，終晉之世不多見，即終古亦不多見。彼其情真語真，句句都從肺腸流出，自然高古，自然絕特，所以難及。」本文不僅是絕交書，對六朝文學亦具有時代意義，其特色和價值由此可見。

◇

## 練功坊

◇

在現實生活中，你曾否有過跟朋友「絕交」的經驗？請分享什麼樣的朋友會讓你不再和他／她往來，進而放棄這段友情，如果讓你寫一封「絕交書」給對方，你會從哪些角度抒發？

（許雅貴編撰）

---

78 嵇紹曾從晉惠帝出戰，為保衛惠帝，血濺御衣而死。惠帝為感念其護君殉國的英勇精神，乃保留血衣而不洗，其事蹟被列為《晉書·忠義傳》之首。

PART

II

/

民 主 素 養

# 導論
• •

　　民主指的是「人民經由某種程序達成政治決策」的一種權力產生過程，自由民主社會的特色之一，是合理爭議的大量存在。尊重事實、講究理性的公民，在面對許多社會、政治、經濟議題時，即使經過充分的審議與溝通後，並不一定能夠獲得共識，甚至也不一定能夠形成紮實的多數。為了建造一個穩定、優質的憲政民主社會，學校教育的基本任務之一，便是去培養公民具備參與民主審議、面對合理爭議所需之知識、技巧與美德。本單元依此課題選出相對應的篇章：

　　〈蓋茲堡演說〉（Gettysburg Address）是美前總統林肯在蓋茲堡國家公墓揭幕式上發表的著名演說，演說僅兩分鐘，卻影響近百年，林肯重申〈美國獨立宣言〉闡揚的「自由」、「人人生而平等」之信念，並重新定義蓋茲堡戰爭的意義：「民有、民治、民享的政府將永世長存」，將政治權力賦予人民。

　　〈我有一個夢想〉（I have a dream）的時代背景為當時種族歧視嚴重，有種族隔離的法律之外，甚至出現服務業「不為黑人服務」的聲浪，啟發黑人開始一波波爭取民權的運動。1963 年金恩博士組織了爭取黑人工作機會和自由權的華盛頓遊行，〈我有一個夢想〉是大遊行中的即席演講，他演說時情緒高昂，聲調鏗鏘有力，十分撼動人心，轟動當時社會，並直接促成美國國會在隔年通過《民權法案》，宣布種族隔離和歧視政策為非法政策，同年金恩博士因此贏得諾貝爾和平獎。

　　〈2016 年美國總統候選人希拉蕊敗選演說〉，是篇極有風度的演講，儘管在選舉過程中不免出現攻擊對方的言論，但尊重這樣的選舉結果：「我們應該對他抱持開放的胸襟，給他領導的機會」、「我們的民主憲法捍衛權力和平轉移，我們不但要予以尊重，也要珍惜。我們的民主也同樣捍衛其他價值：法治、人人在權利及尊嚴上平等、信仰與言論自由……美國夢是屬於

> > >

所有人的。」希拉蕊期許在此信念下，能有一個更平等、更自由、更公平的美國。

以上三篇演講皆表現美國對民主、自由、平等理念的追求和態度，並從而建立美國完整的民主制度。

另外摘錄四則《論語》、兩則《孟子》的言論，藉以探討孔孟的「義利觀」，孔子與孟子的「義利觀」都是在對天人關係的理解和把握的基礎上產生的，是為了從根本上回答人生的目的和理想問題，當運用在政治時，又該如何求取「義／利」之間的平衡，其言論又可給予現代社會哪些啟發？

## (2-1) 感動世界的聲音

### 蓋茲堡演說　　　　　亞伯拉罕 · 林肯[1]

1863 年林肯肖像，時年 54 歲。
圖片來源：維基共享資源

　　八十七年前，我們的先人在這塊大陸上創建了一個新的國家[2]。這個國家孕育於自由之中，奉行人人生而平等的信念。

　　而今，我們正投入一場偉大的內戰，考驗這個在自由中孕育、奉行上述原則的國家能否長久存在。當下我們聚集在這場內戰中的一處偉大戰場，將這個戰場的一部分奉獻給那些在此地為國捐軀的戰士們，作為他們最後的安息之地，這是我們義不容辭、應當去做的事。

　　然而，從廣大的意義而言，我們沒有能力奉獻、也沒有能力神聖化這片土地。無論是活著的或是陣亡的勇士們，是他們的奮戰讓這片土地變得聖潔，而我們微薄的力量是遠遠無法增減絲毫。世人將不會注意、也不會長久記得今天我們在這裡說的話，但烈士們在此地的犧牲奉獻將永誌不忘。

---

1　亞伯拉罕 · 林肯（Abraham Lincoln，1809-1865），第十六任美國總統，有名的政治家、思想家。美國南方和北方因政治和經濟利益的衝突而分裂，1860 年林肯當選總統，隔年爆發內戰，史稱南北戰爭。林肯擊敗了南方分離勢力，維護了聯邦的完整及其領土上不分人種、人人生而自由平等的權利。林肯廢除了奴隸制、解決了土地問題、鞏固了聯邦政府的統一、使美國完全確立了資本主義工商業的經濟制度。內戰結束後不久，林肯遇刺身亡。

2　美國獨立戰爭（American War of Independence，1775-1783），起因於北美十三州為了對抗英國壓迫性的重商主義經濟政策，從而決定以武裝革命尋求獨立。獨立戰爭成功，北美十三州脫離大英帝國統治，創建了美利堅合眾國。

> > >

我們活著的人應該致力於烈士們斐然可觀，但尚未完成之志業[3]。在此地的我們對眼前尚未完成的偉大志業責無旁貸──效法鞠躬盡瘁的先烈，從他們身上汲取精神力量，進一步地貢獻於他們投入畢生精力的未竟之業。我們在這裡下定決心，絕不能讓先烈的鮮血白流，在上帝的護佑之下，我們國家自由必定獲得新生，民有、民治、民享的政府將永世長存。

---

3　美國南北戰爭，又稱美國內戰（American Civil War），是美國歷史上最大規模的內戰，參戰雙方為北方的美利堅合眾國（簡稱聯邦）和南方的美利堅聯盟國（簡稱邦聯）。起因為美國南方十一州因林肯當選總統而陸續退出聯邦，另成立以傑斐遜‧戴維斯（Jefferson Davis）為總統的邦聯，並驅逐駐紮南方的聯邦軍，因而林肯下令攻打「叛亂」州。蓋茲堡戰役（Battle of Gettysburg，1863 年 7 月 1 日 -7 月 3 日）是美國內戰中最慘烈的一役，數以萬計的士兵陣亡於蓋茲堡小鎮，經常被引以為美國內戰的轉捩點，聯邦軍團抵擋了邦聯軍團的進攻，獲得決定性勝利，終結了南軍最後一次入侵美國北方各州。1865 年 5 月 26 日，南軍全數投降，內戰宣告結束，林肯政府收復南方。

## 我有一個夢想（節錄） 馬丁・路德・金恩[4]

朋友們，今天我要對你們說，儘管現在和未來充滿困難挫折，我依然懷有一個夢想，一個深植於美國夢之中的夢想。

我有一個夢想：夢想有一天，這個國家將會站起來，實踐獨立宣言的真諦——「我們認為真理不言而喻，就是人人生而平等。」

1964 年的金恩。
圖片來源：維基共享資源

我有一個夢想：夢想有一天，在喬治亞州的紅土山丘上，昔日奴隸的兒子和昔日主人的兒子能同席而坐，情如手足。

我有一個夢想：夢想有一天，甚至連密西西比這樣一個被不義和壓迫之火焰所煎熬的荒漠之州，也會改造成一座自由和正義的綠洲。

我有一個夢想：夢想有一天，我的四個小孩將生活在一個不以膚色，而是以品格來評斷人的國度裡。

今天我懷有一個夢想！

---

4　馬丁・路德・金恩博士（Martin Luther King, Jr.，1929-1968），美國著名的黑人民權運動領袖，主張非暴力社會改革。金恩出身於亞特蘭大黑人牧師家庭，1955 年發起蒙哥馬利公車罷乘運動，當時他連同其他抗議人士被捕入獄，引起全美的注意。之後，金恩持續以書寫、演說和大規模的和平示威運動等方式，突顯種族歧視的問題。1964 年，美國國會制定《民權法案》，宣布種族隔離、族群歧視為非法政策，同年他贏得諾貝爾和平獎。1968 年 4 月 4 日，他在演講前於下榻的汽車旅館被一白人槍殺身亡，年僅 39 歲。1983 年美國把每年 1 月份的第三個星期一設定為「馬丁・路德・金恩紀念日」用以紀念這位偉人，是美國聯邦假日之一。

我有一個夢想：夢想有一天，在種族歧視最嚴重、州長仍然頑強地拒絕承認聯邦政府法令的阿拉巴馬州，有朝一日，那裡的黑人小孩和白人小孩能夠像兄弟姊妹般手牽手。

　　今天我懷有一個夢想！

　　我有一個夢想：夢想有一天，深谷被填滿，山丘被夷平，歧嶇不平之處化為平坦，曲折小徑化成筆直，「上帝之榮光顯現，普天下生靈共謁」。

　　這是我們的希望，我就是帶著這個信念回到南方。

　　懷著這個信念，我們能夠從絕望之山開鑿出希望之石。懷著這個信念，我們能夠把國家種族不和的吵雜聲，轉變為友愛的美妙樂章。懷著這個信念，我們能夠一同工作，一同祈禱，一同奮鬥，一同入獄，一同捍衛自由，因為我們知道，有一天，我們終會獲得自由。

　　當這一天到來，上帝所有的子民都能以新意涵高唱：

　　我的祖國，可愛的自由之邦，我為您歌唱。這是我祖先安息之地，這是朝聖者為之自豪之地，讓自由鐘聲，響徹每一處山坡。

閱讀錦囊

　　現代公民之民主素養的提升，需強化公民意識和願意參與公共議題之討論、反思及抉擇，尤其是大學生在參與校內外會議時，要能適切表達出自己意見。師法歷史人物流傳千古之典範，本課選擇兩場經典演說，讓學習者思考其深刻意涵並演練言語表達能力。

　　〈蓋茲堡演說〉（Gettysburg Address）是美國第十六任總統亞伯拉罕．林肯最著名的演說之一，也是美國歷史上最常被引用的政治性演說，讚頌在蓋茲堡戰役中陣亡的戰士們暨其獻身追求的崇高理想，其演說詞思慮深刻、行文嚴謹、言語洗鍊精闢，感人肺腑。1863 年 11 月 19 日，蓋茲堡戰役結束的四個半月後，林肯受邀在蓋茲堡國家公墓[5]（Gettysburg National Cemetery）揭幕式中發表演說，哀悼在蓋茲堡戰役中陣亡的將士。當初的主講者另有其人[6]，林肯只是揭幕式的致詞者，然而動人的演說讓這場揭幕式不只是題獻一座墓園給陣亡將士，他重申了〈美國獨立宣言〉（The Declaration of Independence）闡揚的「自由」、「人人生而平等」之信念，定位這場內戰不只是為聯邦政府的存續而開打，更是殊死奮戰讓美國成為一個民有、民治、民享的真平等國家。演說內容簡明扼要，修辭細膩周密，句句真摯誠懇具說服力。他以不足三百字，全場清晰可聞的聲音演說二分多鐘，帶給美國人空前的激勵與感動，後人立碑刻下了演說詞[7]，讓它伴隨林肯留名千古。

---

5　美國政府在蓋茲堡小鎮覓得 17 英畝土地，為在蓋茲堡戰役陣亡的將士們蓋一座墓園。

6　墓園揭幕式的主講者是愛德華．艾佛雷特（Edward Everett），當時著名的演說家，演說長達兩小時。後世大多不記得艾佛雷特這兩小時講了什麼，反倒是林肯不到三分鐘的〈蓋茲堡演說〉留名千古。

7　〈蓋茲堡演說〉的全文被鏤刻於美國華盛頓特區的林肯紀念堂中的牆壁，並且被鑄成銅牌收藏於牛津大學圖書館內，而其演講手稿則被保存在美國國會圖書館。

〈我有一個夢想〉（I have a dream）被公認為美國演講史上最具影響力的演說之一。雖然林肯早在 1863 年發布〈解放黑奴宣言〉（The Emancipation Proclamation），承諾賦與美國黑人平等權，然而內戰後美國黑人仍然受到歧視的事實並未獲得改善，甚至美國南方各州陸續頒布種族隔離法令。1963 年 8 月 28 日，金恩為了爭取種族平等權，率領二十五萬群眾在美國華盛頓特區進行示威大遊行，他在林肯紀念堂前面的臺階上發表了這場劃時代的演說，不斷重複使用了「I have a dream」這個詞語，描繪出他期待看到黑人與白人有一天能和平且平等共存的遠景，柔情卻強力地觸動人內心深處。其實以「I have a dream」為開頭的段落，並不在預先準備的講稿之中，是金恩受到現場民眾鼓舞脫稿演出，沒想到這些句子竟為整場演說注入靈魂，日後「I have a dream」成了這場演說的代稱。〈我有一個夢想〉這一場演說促使美國國會隔年通過《民權法案》（Civil Rights Act of 1964），成為美國人權運動發展的重要里程碑。

## 練功坊

1. 仿效本課的兩篇演說稿，針對特定議題擬一篇簡明扼要，修辭細膩周密，句句真摯誠懇具說服力的演說稿。

2. 就特定議題，現場演練能撼動人心、發人深省的演說。

（高碧玉翻譯、編撰）

## (2-2) 2016 年美國總統候選人希拉蕊敗選演說 [1]

謝謝你們，我的朋友們，十分感謝你們守在這裡，我也愛你們所有人！

昨晚我已向唐納·川普表示了祝賀之意，也表示為了美國，我願意與他合作。希望他會是一個成功的總統，一個全民的總統。

敗選不是我們想要的結果，我很遺憾，沒能捍衛我們支持的價值觀和對國家抱持的願景。但我對於大家打了這場美好的選戰感到非常驕傲和感謝，這是一場如此鉅大、如此分歧、如此有創意、如此不受拘束且充滿活力的選戰。你們代表了美國最好的一面，作為你們支持的候選人是我此生最大的榮耀。我明白你們有多麼失望，因為我深有同感，還有數以千萬將希望和夢想投注在這場選戰的無數人。

圖片來源：Gage Skidmore (CC BY-SA 3.0)

1 希拉蕊：全名希拉蕊·黛安·羅德姆·柯林頓（Hillary Diane Rodham Clinton，1947 年 10 月 26 日 -），生於美國伊利諾州芝加哥，曾任律師，是美國民主黨政治人物。先後擔任美國國務卿（2009-2013）、紐約州聯邦參議員（2001-2009）、美國第一夫人（1993-2001）、阿肯色州第一夫人（1979-1992），她的丈夫是美國第四十二任總統比爾·柯林頓（William Jefferson Clinton，通稱 Bill Clinton）。2008 年，希拉蕊首度參與民主黨總統初選，最終敗給巴拉克·歐巴馬（Barack Obama）。在歐巴馬當選總統後被任命為美國史上第三位女性國務卿。2016 年，再次參與民主黨總統初選並勝出，成為美國史上主要政黨首位女性總統候選人。同年年底總統大選中，雖獲得較多普選票，但選舉人票少於共和黨對手唐納·川普（Donald John Trump），最終無緣成為美國首位女性總統。

這很痛苦，而且會延續好長一段時間，但我希望你們記住：我們的選戰絕對不只關乎一人，或只為了一場選舉，而是為了我們熱愛的國家，為了打造一個充滿希望、包容寬大的美國。

我們發現國家比我們想像的更加分裂，但我依然相信美國，直到永遠。如果你們也是，那就必須接受選舉的結果，然後放眼未來。唐納‧川普即將就任總統，我們應對他抱持開放的胸襟，給他領導的機會。我們的民主憲法捍衛權力和平轉移，我們不但要予以尊重，也要珍惜。我們的民主也同樣捍衛其他價值：法治、人人在權利及尊嚴上平等、信仰與言論自由。我們尊重且珍惜這些價值，而且也必須捍衛它們。

容我再補充一點，憲政民主要求我們參與的不僅僅是四年一次的大選，而是無時無刻都要參與。所以，讓我們竭盡全力，繼續保有我們珍惜的價值：讓我們的經濟利益普及所有人，而不只是金字塔尖端、保護我們的國家和地球、打破所有限制藩籬，好讓任何美國人都能實現他們的夢想。

我們花了一年半的時間，凝聚了來自各角落的同胞，發出共同的心聲：我們相信美國夢屬於所有人，足以容納各種不同的族群、宗教、性別、移民、LGBT[2] 群體，甚至身心障礙人士。身為

---

2　LGBT：是女同性戀者（Lesbian）、男同性戀者（Gay）、雙性戀者（Bisexual）與跨性別者（Transgender）的英文第一字母的合寫。1990 年代，由於「同性戀社群」一詞無法完整體現相關群體，「LGBT」一詞便應運而生並逐漸普及。在現代用語中，「LGBT」一詞除了狹義的指同性戀、雙性戀或跨性別族群，也可廣泛代表所有非異性戀者。儘管「LGBT」群體內部對不同群體的接納程度不一，而且也有不少爭論，但總體來說，「LGBT」一詞的使用，仍被認為具有包容的積極意義。

公民的職責就是持續建造一個更好、更強大、更公平的美國，我相信你們做得到，我多麼感謝能和你們站在一起。

…………

　　對所有捐款的人，即便只是 5 元美金，幫助我們持續打選戰，謝謝你們，我們由衷感謝。特別要感謝年輕人，我希望你們知道，我成年後幾乎都在為我的信念奮戰，我成功過、也失敗過，有時是很慘痛的失敗，你們許多人才剛開始職業生涯，你們也一樣會面臨成功和挫敗，挫敗固然很傷人，但請不要停止相信，為正確的信念持續奮戰到底是值得的，能擔任你們的捍衛者是我覺得最榮耀的事。對於所有的女性朋友們，尤其是那些把信仰寄託在這場選戰和我身上的年輕女性朋友們，我希望妳們知道，沒有其他事比成為妳們心中的勝利者更讓我感到驕傲了。現在我們還沒擊碎那道最高、最硬的玻璃天花板[3]，但有朝一日，有人一定會做得到，希望那天會來得比我們預期的還要早。我想對正在關注這段演說的小女孩們說，請不要懷疑自己的價值和能力，妳們理應擁有世上所有的機會去追求與實現自己的夢想。

　　最後，我深深感謝國家給予我的一切，我每天都感恩能生為美國人。我依舊堅信，如果大家能站在一起並肩努力，尊重彼此的歧異，強化大家對國家的信念和熱愛，最美好的日子仍會在前方等著我們。你們知道，我相信團結讓力量更強大，我們將會一同往前行，永遠不要對如此奮鬥過感到後悔。《聖經》告訴我們：「行善不可喪志，若不灰心，時機到來，必能收成。」我親愛的

---

3　玻璃天花板（Glass Ceiling）：指女性在職場中無法升遷到最高管理階層，彷彿被一道可望而不可即的玻璃擋著。由於性別差異，使得女性因各種人為因素的牽絆或歧視，而無法與男性同儕獲得公平競爭的機會，即使女性有足夠的能力，也無法獲得與男性相等的升遷機會。

> > >

朋友們，讓我們對彼此有信心，讓我們不輕易疲弱和喪志，因為來日方長，還有更多事需要做。我不勝榮幸並感激不盡，有此機會在這場意義重大的選舉中代表你們所有人。願上帝保佑你們，願上帝保佑美利堅合眾國。

大選，本來就該是一場君子之爭。

在現代民主政治中，選舉結果揭曉後，競選雙方隨即發表感言，是大眾媒體時代的產物。美國總統大選第一次透過電視發表選後感言是在 1952 年，敗選的民主黨候選人阿德萊‧史蒂文森二世（Adlai Stevenson II，時任伊利諾州州長）向勝選的共和黨候選人艾森豪（Dwight D. Eisenhower）道賀，艾森豪也在電視直播裡立即回應，從此立下了不成文的慣例。長久下來，敗選演說也成為美國總統選舉史上，每四年一回，維繫民主傳統的歷史見證。

承認敗選，是基於對選戰中對手的尊重，雖然未能贏得最後的勝利，但敗選的一方以激勵人心的演說贏得支持者的掌聲，與支持群眾共同留下美好而令人動容的選後之夜，完美的敗選演說可以使一場過程激烈的選戰優雅的落幕，甚至傳頌百年。

比起勝選演說，敗選感言可能更難下筆，因為落敗者不僅要收拾自己的失望，還得肩負起安撫支持者、穩定國家民心的最後責任。研究敗選宣言的學者澳洲阿德雷德大學歷史教授寇科蘭（Paul Corcoran）指出，自 1952 年以來，美國總統的敗選感言都有極為類似的「制式規格」。敗選人的發言通常會分為三大段：

第一段：恭喜對手的勝利。但會避免提到「輸」等負面關鍵字，是對手贏了，不是我輸了。

第二段：呼籲大團結。強調選舉已經結束，所有人應該為了美國團結一致，並對選舉中的政治裂痕展開修補。

第三段：安撫支持者，選舉已了，但奮鬥不息。要求支持者們接受選舉結果，並繼續為理念與政治信念繼續努力。

綜觀希拉蕊這場演說，重點之順序或有調動，但充分展現了上述三項內涵。2016 年底，希拉蕊在聲勢一片看好的總統大選中落

敗，當然難免個人的落寞與挫折感，但作為總統候選人，希拉蕊代表的不僅是她個人，還有那些將選票投給她的支持者。她首先恭賀對手唐納‧川普勝選，繼而表達參與這場選舉的美好經驗，儘管選舉過程中，對峙的雙方必然有諸多分歧與相互的攻擊，然而正是美國這樣的民主國家，才能包容這些不同的聲音；激情過後，勝負已定，國家的運作與人民的生活必須回復到常軌，因此希拉蕊一再強調，必須捍衛憲法，尊重民主、法治的價值，在此信念支持下，期許一個更平等、更自由、更公平的美國。

特別值得一提的是，演說的後半部，希拉蕊以自己女性從政的歷程，鼓舞所有女性朋友，只要堅持必能有所成就，此次雖然無法當選為美國第四十五任總統，但期許並且相信，有朝一日有人能打破那道最高、最硬的玻璃天花板。

◇
### 練功坊
◇

2016 年蔡英文女士贏得大選勝利，成為臺灣第一位女性總統，2020 年再度以高票當選連任，這不僅是她個人的成就，同時也為臺灣的民主與女權寫下歷史的新頁。立足臺灣，放眼國際，全球各國還有哪些女性擔任國家領導人？她們又是如何突破性別框架走向頂峰？本文中提到的「玻璃天花板」，在各國政治或企業體系裡，是否真實存在？而各國的民主化程度與女性領導人的產出之間，是否有正面的相關性？這些問題都值得深究。

（高碧玉翻譯‧林麗美編撰）

## (2-3) 義利之辨

### 《論語》選文[1]

　　子曰：「君子喻於義[2]，小人喻於利[3]。」（《論語‧里仁篇》）

　　子曰：「富與貴，是人之所欲也，不以其道得之，不處也；貧與賤，是人之所惡也，不以其道得之，不去[4]也。君子去仁，惡乎[5]成名？君子無終食之間[6]違仁，造次[7]必於是，顛沛必於是。」（《論語‧里仁篇》）

　　子曰：「富而[8]可求也，雖執鞭之士[9]吾亦為之；如不可求，從吾所好[10]。」（《論語‧述而》）

　　子曰：「飯疏食[11]飲水，曲肱而枕[12]之，樂亦在其中矣。不義而富且貴，於我如浮雲。」（《論語‧述而》）

---

1　孔子（前551-前479），名丘，字仲尼。祖先是宋國貴族，因宮廷內亂逃到魯國，父親是魯國大夫。幼年亡父，少年亡母，早年生活艱辛。長大擔任魯國要職，後與國君理念不合，開始周遊列國，推行仁政、王道思想，成為儒家創始人。《論語》由孔子弟子及其再傳弟子編撰而成，書中記載孔子的生活言行、與弟子或當時人的對話等。

2　喻於義：君子明白義理，所以行事皆合乎義理之追求。喻，明白，清楚。義，道義。

3　喻於利：小人只要有利可圖，不在乎善與惡。利，指個人的益處。

4　去：擺脫。

5　惡乎：惡，音ㄨ。怎麼。

6　終食之間：一頓飯的時間，意指時間很短暫。

7　造次：匆忙。

8　而：如果。

9　執鞭之士：古代為天子、諸侯、官員等人，手執皮鞭開路的人。意指地位低賤的工作。

10　所好：指原則、理想。

11　飯疏食：飯，吃（動詞）。意指吃粗糧。

12　曲肱而枕：肱，音ㄍㄨㄥ，胳膊。意指彎起胳膊當枕頭。

# 《孟子》選文 [13]

魚，我所欲也，熊掌，亦我所欲也，二者不可得兼，舍魚而取熊掌者也。生，亦我所欲也，義，亦我所欲也，二者不可得兼，舍生而取義者也。（《孟子・告子上》）

孟子見梁惠王。王曰：「叟 [14]，不遠千里 [15] 而來，亦將有以利吾國乎？」孟子對曰：「王何必曰利？亦有仁義而已矣。王曰：『何以利吾國？』大夫曰：『何以利吾家？』士庶人 [16] 曰：『何以利吾身？』上下交征利 [17]，而國危矣！萬乘 [18] 之國，弒 [19] 其君者，必千乘之家；千乘之國，弒其君者，必百乘之家。萬取千焉，千取百焉，不為不多矣；苟 [20] 為後義而先利，不奪不饜 [21]。」（《孟子・梁惠王上》）

---

13 孟子（前 372- 前 289），名軻，魯公族後代，曾經求學於子思（孔子之孫）的再傳弟子。父親早亡，由母親扶養成人，流傳有「孟母三遷」的故事。長大後招收弟子，周遊列國，宣揚仁政、王道的理念。《孟子》由孟子及其弟子編撰而成，以議論著稱，比喻生動，詞鋒銳利，提出性善、德治等主張，繼承孔子的志業。

14 叟：對長者的敬稱，即「老先生」，這裡指孟子。

15 不遠千里：不以千里為遠，形容來人的熱忱。

16 庶人：泛指無官爵的平民百姓。

17 交征利：互相爭奪利益。征，取也。

18 乘：量詞。兵車一車四馬為一乘，常以其數量多少來衡量國家的大小強弱。

19 弒：地位低的人殺死地位高的人。

20 苟：如果、假使。

21 饜：音ㄧㄢˋ，滿足。

## 閱讀錦囊

中國歷代君王看重儒家思想，並於宋代以後選用《論語》、《孟子》等書，成為國家選才的科舉考試用書。主要藉由「義利之辨」中，「義／君子追求道義」、「利／小人看重私利」，主張「教育學生、成就君子」的理想人格。

儒家思想不僅僅作為中國選才的考試用書，大約自盛唐時期開始，日本、朝鮮等國，派出遣唐使參與中國的科舉考試，學習政治、文化，攜回儒家思想書籍，至今朝鮮半島、琉球、日本、越南等地區，都建置有孔子廟，被稱為儒家文化圈。

孔子雖然認同「君子」是理想人格，但並不以重私利的「小人」等同於壞人。反而強調以「正當的方法」取得富貴，若「不以正當的方法」，不妨過著「樂在其中」的簡單生活。因此，在儒家思想中，「君子」是追求道義的完美人格；與之相反，「小人」是看重私利的一般人。只是，看重私利的小人，若以不正當的方法，違法取得富與貴，那麼仍需接受國家法律的制裁。

近代以來，生活在現代社會的公民，除了生活上「義／利」的選擇，還有：（1）隨著資本主義傳播全球，義利相衝突時如何取捨？（2）當民族主義高漲，捨生取義是否可能做到？（3）孔孟的義利觀點，在民意沸騰、講求經濟利益的現當代社會中，該如何理解？本單元一共摘錄四則《論語》、兩則《孟子》的言論，藉以探討孔孟的義利觀點，並且探究聖人之言可給予現代社會的啟發。

## 練功坊

政府擬定各種政策時，一方面會參考全球經濟局勢與政治環境的演變，另一方面則考慮民心向背，積極爭取民眾認同。許多政策「當下」能快速吸引民眾認同，然而隨著時代變遷，曾經「有利有感」的政策，是否成為「無義無感」的弊端？身為現代公民的一份子，如何求取「義／利」之間的平衡，請以理性思辨之態度，舉實例以說明你的見解。

（王淑蕙·林麗美編撰）

> > >

PART

III

/

科 學 素 養

# 導論

　　科學乃是人類文化活動的產物之一，科學是什麼？科學是由人類的好奇心出發，透過一連串的觀察、觀測和實驗，一步一步探究知識，逼近真理的過程。但科技發展一日千里的今時，仍然存在許多人類無從探究的領域，在知識不足以致於無法判斷的時候，保持對知識的謙卑更符合科學求真的態度。如同愛因斯坦所言：「當我們的知識之圓擴大，環繞圓周的黑暗也跟著變大了。」（As our circle of knowledge expands, so does the circumference of darkness surrounding it.）

　　雖然並非人人都是科學家，但科學對人類生活的影響卻非常鉅大；因此，對科學的認識、反思與抉擇，便是現代公民皆應該具備的素養。科學素養的內涵大約可概括為如下幾點：

　　第一，我們是否能以科學講求實證的方式思考「問題的本質」。

　　第二，我們是否了解自己「知道什麼，又不知道什麼」。

　　第三，我們是否能根據科學資料與證據，建立自己的主張、論點，形成見解。

　　第四，我們是否能了解科學誕生的歷史，進而思考科學、技術，究竟和人類社會有什麼關係。

　　第五，我們是否能運用已有的科學知識解決問題。

　　本單元一共有三篇選文，第一篇陳之藩〈覓回自己〉一文，藉由英國學術界著名的赫胥黎家族祖孫三代的思想，反思 19 世紀以來的樂觀進取精神，到了 20 世紀後，卻成了徒有物質文明，缺少內在靈魂的美麗新世界，對科學發展提出觀察與反省。第二篇孫維新〈白象與男孩〉一文，由英國觀光客購買泰國仿冒成白象的灰象故事，在一層一層洗去的漆色中，諷刺地揭示「眼

見未必是真」的詐騙寓言，而另一則新疆男孩放羊的故事，則在幽默與自我解嘲的筆觸中，傳達科學應該求真的實證態度。第三篇李開復〈未來十年消失概率最小的十種職業，你安全嗎？〉一文，引用數據資料提出某些職業即將被智慧機器人取代的預言，而伴隨個人失業浪潮而來的，可能是日漸懸殊的貧富差距，甚至是自我認同的崩解，無法置身事外的我們，又該何去何從？

　　科學進展日新月異，新技術不斷被發明出來，其出發點應該都是為了使人類更幸福，然而伴隨文明便利的生活而來的副作用也不容小覷，雖然無法在有限的篇幅裡面面俱到，但是三篇選文宏觀與微觀兼具，非常有助於我們思辨真假、洞察「已知」與「未知」，迎接更有人文關懷的科技未來。

## (3-1) 覓回自己[1]　　　　　　　　　　　　　　　　　　　陳之藩[2]

　　裘・赫胥黎[3]到美國來開會,商量的主要題目是人類的前途。兩個月前,我看到的這樣一個消息,以後即沒有下文了。並不是人類沒有了前途。而是討論半天,終屬詞費。

老赫胥黎
Thomas Henry Huxley
(1825-1895)

裘・赫胥黎
Julian Sorell Huxley
(1887-1975)

阿・赫胥黎
Aldous Huxley
(1894-1963)

圖片來源:維基共享資源

1　本文出自陳之藩《旅美小簡》,全書共收錄 23 篇散文。作者〈自序〉談到在美國讀書時寫作本書的創作動機:「上半天到明朗的課室去上課;下半天到喧囂的實驗室玩機器;晚上在寂靜的燈光下讀書;常到周末,心情上不自主的要鬆一口氣,遂靜靜的想半天,寫一篇小簡,寄回國去。」作者自云:是離鄉背景的理工留學生,於「寂寞環境裡寂寞寫成的」留學生文學,成為 1950 年代末 1960 年代初,臺灣「留學生文學」風潮的開端。

2　陳之藩(1925-2012),字範生,河北霸縣人,北洋大學電機系學士、美國賓夕法尼亞大學碩士、英國劍橋大學電機哲學博士。先後任教於美國休士頓大學、香港中文大學、美國波士頓大學、臺灣成功大學。雖從事科學研究,卻擅長寫雜感散文,具有科學與人文的跨越、濃烈的家國情懷等特質。著有《旅美小簡》、《在春風裏》、《劍河倒影》、《散步》等書。

3　裘・赫胥黎:即 Julian Sorell Huxley(1887-1975),英國生物學家、作家、人道主義者,老赫胥黎孫子。第一屆聯合國教育科學文化組織總幹事(1946-1948),亦是世界自然基金會創始成員之一。以生物學家觀點,主張自然選擇,亦是現代達爾文主義的重要學者。

\> \> \>

赫氏這一家，是時代的幾個極峰，由他們這一家中祖孫三代的氣味不同，也可以感覺到人類脈搏跳動的緩急。

　　老赫胥黎[4]是十九世紀的人物。十九世紀末葉，究竟樂觀到什麼程度，我們不難拿老赫胥黎當作代表。我願意重述這個達爾文主義者所講的故事：

　　「古時候，有一個老人，臨死時，把兒子叫到牀前；向他們說：『後花園中埋有金子，你們去掘吧。』老人死後，兒子拚命的在園中挖掘，並沒有金子，而這樣一掘，土地大鬆，翌年的葡萄卻大熟了。」

　　整個的十九世紀，人們的情緒，都像這位老人的兒子；在那裏瘋狂的努力，在那裏忙碌的收穫，飛向天空，游向海底，用鐵腳邁過河流，用鐵拳擊開峭壁，不需要有上帝的幫助，也不需要有祖宗的遺留，人人可以是無冕的帝王，處處可以成極樂的天國，只要努力，就會有成的。

---

4　老赫胥黎：即 Thomas Henry Huxley（1825-1895），英國生物學家，捍衛達爾文的演化論者。作為科普工作的倡導者，對宗教信仰主張「不可知論」。學識精博，舉凡生物、地質、教育、宗教諸學皆有著述，《天演論》（Evolution and Ethics）即其著作之一。

　　黃金的年月如流水一樣的逝去，人類走入二十世紀了。老赫胥黎死在二十世紀到來的前五年。兩個世代過去以後，他的孫子全長大了，裘・赫胥黎是當代生物學的權威，阿・赫胥黎[5]是文學的鉅子。

　　而孫子這一代卻說些什麼呢？阿・赫胥黎借用莎士比亞[6]的暴風雨中的詞句「美麗新世界」，作了一本小說，他的看法是：二十世紀的文明，正如暴風雨中的女主人公所驚呼的「美麗」。在這個世界裏具有靈魂的人，想從這個只有流線型而無靈魂的伊甸[7]中逃走。

　　在暴風雨中，一個在荒島上的女孩子，從未見過生人，長大了，忽然看到一羣壞人乘船漂到島上來，他們都是衣冠楚楚的，這個孩子說：「美麗新世界」，其實衣冠楚楚的下面所包含的，是禽獸，是罪犯，是無知。這個「美麗」就是現代文明所造成的。

　　阿・赫胥黎還有一本書叫做《目的與手段》，每一句話都像尖利的匕首，一把一把插到時代的病瘤上。

　　為什麼祖父的樂觀情緒，一點都未遺傳給孫子呢？這該不能不說時代使然吧！

---

5　阿・赫胥黎：即 Aldous Huxley（1894-1963），英國小說家兼散文作家，小說創作評論理想的社會道德及準則，為老赫胥黎之孫子。著名作品有《美麗新世界》（Brave New World）、《針鋒相對》（Point Counter Point），也曾出版遊記、電影故事和劇本。

6　莎士比亞：William Shakespeare 生於 16 世紀，為英國文學史上最傑出的戲劇家，也是世界最傑出的文學家之一，流傳後世的作品包括 38 部戲劇、155 首十四行詩、兩首長敘事詩和其他詩歌。

7　伊甸園：舊約創世紀中所記載的樂園。園中長著各種好看好吃的果樹，中央則種著生命樹和知善惡樹。有一條河由伊甸流出灌溉樂園。上帝所造的第一對男女亞當與夏娃即居住於園內。在亞當與夏娃尚未偷嚐禁果之前，園內生活沒有任何的憂愁與痛苦，後來借為人間樂園的代稱。

原子能，人造衛星，彩色電視，超音速飛機，……事物一日一變，為什麼悲哀的聲音卻越湧越高呢？現在抗議的人已到了一種不能自制的程度，我曾聽到一個老教授戰慄的說：「我們寧冒盲信的危機，踏回中世紀的門檻，也不能在這個大真空管中呆着。」

這話是有些悲極而至於憤怒的。

大史家湯恩比，在今年二月有一篇專文，他看現代文明是沒有希望的，除非有宗教的復興，他相信，西方文明還有這種能力，所以還相當樂觀。

他的所謂宗教，並不是回到中世紀去，大概是像羅曼羅蘭所說：目前人類所急需的，是一個既不壓抑熱情，也不放棄理智的自由人的宗教。

其實，所謂宗教，不過是崇拜一完美的人格，這一派的思潮都是呼喚人要從物質的瘋狂追求，到精神的清明覺醒。用另一句話說，要在淡漠的天空下，褐色的地球上，造出一能站得住的人來。

經過了兩次戰爭的大流血，半個地球的大坍陷，人類逐漸覺出，這百十年來的血汗努力，是贏得了天下，而輸掉了自己。

贏得天下，而輸掉自己，並不是一個合算的算盤，雖然還有無數人在此算盤上下賭注，先知者已經感覺出不是滋味了。

時代主要的精神是給我們增加了財富，但財富的增加結果是什麼呢？正如愛因斯坦所說：「我堅決相信，財富不能引領人類向前，即使在好人手裏亦屬如此。唯有偉大而純潔的人，才可以

導出善的觀念與善的行動來，你能想像摩西[8]、耶穌、甘地[9]成天背着錢口袋亂轉嗎？」

　　時代需要真正的人，而真正的人並不是由原子能所造得成，由噴氣機所趕得到的。

　　我倒願意替裘·赫胥黎的會談下個結論，目前人類的急需還不僅是如他對記者所說的話，開發落後與節制人口。我們是在迷失的時代，主要的努力應是先覓回自己。

　　　　　　　　——民國四十四年十月二十二日於費城

---

8　摩西：約生於西元前 14 世紀後期，為希伯來人。聖經故事裡猶太人的古代領袖，帶領希伯來人逃離古埃及、過紅海、抵西奈山，以脫離被奴役的境遇，在那裡神並藉著摩西寫下《十誡》命希伯來人遵守，最後死於納波山上。

9　甘地：即 Mohandas Karamchand Gandhi（1869-1948），為印度國父。他主張非暴力思想，不合作運動，影響全世界很深遠。同時帶領印度脫離英國殖民統治，獲得獨立。

> > >

18 世紀中葉完成「機器取代人力」的資本主義生產模式，隨後工業革命傳播到英國至整個歐洲。19 世紀歐洲各國、美國、日本接續完成工業革命，帶動經濟發展，對人類社會的經濟、政治、文化、軍事，科技，和生產力皆得到跳躍式的發展，然而工業革命也為人類帶來負面效應。

首先、靈性的墮落：阿‧赫胥黎《美麗新世界》「具有靈魂的人，想從這個只有流線型而無靈魂的伊甸中逃走」，對於 20 世紀文明充滿悲觀的看法。大史家湯恩比，因此看衰現代文明的發展，反而冀望「宗教復興」能淨化世界。

其次、實質的破壞：〈覓回自己〉「原子能，人造衛星，彩色電視，超音速飛機……兩次戰爭的大流血，半個地球的大坍陷，人類逐漸覺出，這百十年來的血汗努力，是贏得了天下，而輸掉了自己。」由於「經濟的膨脹」形成「科技的研發」需求擴張，然而「經濟的膨脹」同時也誘發「人性的貪婪」，使得科技研發過程破壞環境生態，甚至製造武器引發戰爭，造成對人類的傷害。

〈覓回自己〉一文，藉由英國學術界著名的赫胥黎家族祖孫三代思想，凸顯 19 世紀樂觀的情緒，與經歷兩次世界大戰後的 20 世紀。對於現代文明只重視物質的開發創造，忽略「內在精神提升進步」之現象觀點，頗能發人深省。

陳之藩以〈覓回自己〉示範了：科學人如何融合「哲學的理性思辨」、「科學的縝密邏輯」、「憂時的人文情懷」的散文風格。能否學習陳之藩「科學與人文」跨界的思辨表達技巧，試從「現代社會頻繁使用 3C 產品，雖然享有數位生活的便利性，然而如何不迷失其中，而是能悠遊於其中？」的觀察視角，寫一段 150 字的散文。

（王淑蕙編撰）

## 3-2 白象與男孩[1]

孫維新[2]

一個英國觀光客在泰國見到了白象，驚嘆之餘，想買一頭帶回英國，但是白象是神聖象徵，不准出口，於是他賄賂了旅館小弟，在後巷中買到一頭白象。他欣喜若狂，把大象牽回旅館房間，塗上灰漆，成了一頭普通大象，第二天帶著大象順利離境，回到英國，牽回家中，洗掉灰漆，

圖片來源：ohn Tenniel, Punch, vol. 103，維基共享資源

出現一頭白象，他高興萬分，但總覺得沒洗乾淨，再洗兩下，白漆也掉了，又出現了一頭灰象。

許多時候，我們常常會問自己：「到底哪一層才是真的？」

理未易明，大自然的神秘，就在於它無法被一眼看穿。牛頓到了晚年，當別人恭維他時，他說：「我只覺得我像一個在海邊嬉戲的孩子，偶爾撿到一個光滑圓潤的鵝卵石，偶爾發現一片漂亮的貝殼，但蘊含所有真理的大海在我面前，我卻對它一無所知！」牛頓在大自然之前如此謙卑，是因為他知道偉大的科學工作者雖然作出了偉大的發現，但也常常會犯下偉大的錯誤。

---

1　本文出自 2009 年《聯合報》。

2　孫維新（1957-），臺北市人。國立臺灣大學物理系畢業，美國加州大學洛杉磯分校天文物理學博士。曾任中央大學教授，後轉任臺灣大學物理系暨天文物理研究所教授。2011 年借調至國立自然科學博物館擔任館長。孫維新除專精天文物理研究，常發表科普文章，以天文學普及教育聞名，曾獲社會服務傑出獎、傑出研究獎、科教節目金鐘獎及教學傑出獎等多項獎勵。孫維新興趣廣泛，雅好戲劇，曾任臺大國劇社社長，參與國劇及舞臺劇演出。

> > >

## 今天的科學　也許是明日的神話

　　托勒密從每天的生活經驗中，歸納出太陽繞著地球轉的「地心說」，主導了歐洲人的宇宙觀長達一千四百年，直到哥白尼提出了「日心說」，在日地關係上作出了重要貢獻，但他錯誤地使用了「圓形軌道」來描述行星的運行，因此無法準確預測行星位置；克卜勒鑽研火星數據，得出了「橢圓軌道」的重要結論，大幅改進了預測行星位置的準確性，但當別人問他太陽靠著何種力量維繫行星繞行時，克卜勒回答「磁力」！只因為當時「磁力」剛被發現，因此所有不可知的現象一概歸咎於「磁力」；牛頓提出了「萬有引力」的概念，建構了太陽和行星之間的聯繫，但卻認為空間是三維正交；愛因斯坦結合了空間和時間，提出了四維時空，但是卻因為相信宇宙是穩定不變的，在數學式中硬是加入了一個「宇宙常數」，以抵銷萬有引力的作用，希望讓宇宙維持「穩態」，不數年之後，哈柏發現了宇宙正在「均勻膨脹」，讓愛氏頓足嘆息……。

　　的確，科學工作者研究自然的歷史，就是一連串「認錯」的過程。後之視今，猶今之視昔。兩千年前，希臘人對夜空的描述，今天我們稱之為「神話」，那卻是當年他們的「科學」；我們又怎麼知道，今天我們的「科學」，不會變成明天的「神話」？

## 知識多一點　結果可能就不一樣

　　不單科學，世事皆然，在知識的道路上多邁幾步，回頭望向來時路，才知自己原先錯得多離譜。兩年前我到新疆探勘天文臺址，在荒郊野外停車休息，山壁旁見一男孩正在放羊，和他聊天說話，覺得他聰明可愛。正說著話，有一隻羊順著山壁跑遠了，他不用去追，地上撿塊石頭綁在繩子末端，在頭上猛力迴旋，速度夠快時手腕一抖，石頭筆直射出，正打在那隻羊上方的山壁上，「啪」的一聲，把羊嚇了一跳，知道自己錯了，乖乖地掉頭歸隊。這種技巧和手勁，就像是武俠小說中描述的少年奇人！我佩服萬分，但是想想他的一生，也就是和這十幾隻羊為伍了，心下不禁悵然。回到臺灣說給學生聽，告訴他們看看新疆男孩，想想自己，在臺灣有這麼好的資源和環境，不好好利用真的太可惜了，講得泫然欲泣，聽者動容。

　　第二年再訪新疆，和當地縣長同桌吃飯，感慨萬千地提到這個新疆男孩，沒想到縣長反應是：「孫老師，你完全誤會了！再偏遠的地方，都有小學可以唸，他們就是不去！」原來當地的大人不希望小孩上學，留在家中是個勞動力；小孩也不希望上學，到學校要寫作業要考試，考試考不好還要打手心，放羊沒有壓力，多快樂啊！縣長說：「你知道當地的大人是怎麼嚇唬他們的孩子嗎？（作兇狠狀）你要是不好好放羊，我就送你去上學！」

　　我心中只出現三個字：「挖哩ㄌㄟ！」理未易明，知識多一點，結論可能完全不一樣！

> > >

　　人類不斷革新科技，運用於「科學真相」追求與探索，已有悠久的歷史。然而由主導了歐洲宇宙觀長達一千四百年的托勒密「地心說」，一千四百年後，原本的宇宙觀點被更新，「地心說」因此成為科學史的一部分，今日的科學成為明日的神話，牛頓晚年因此謙遜地說：「我只覺得我像一個在海邊嬉戲的孩子，偶爾撿到一個光滑圓潤的鵝卵石，偶爾發現一片漂亮的貝殼，但蘊含所有真理的大海在我面前，我卻對它一無所知！」現今網路媒體發達、各類訊息傳播快速。許多口耳相傳，不經印證的流言，如「微波爐的電磁波含有微量游離輻射，食品拿去微波爐微波容易產生有害物質？」類似「似是而非」的觀念，藉由「人手一機」的通訊軟體，使我們很容易參與傳播錯誤的科普知識、健康訊息。

　　〈白象與男孩〉由英國觀光客購買「泰國灰象」仿冒成「神聖白象」的故事，諷刺地揭示「眼見未必是真」的詐騙寓言。今天偉大的科學知識發表，也許若干年後成為明日的神話，因此現代公民面對周遭諸多的科普知識、健康訊息，應懷有「知識多一點，結果可能就不一樣」的科學素養，因為理未易明，知識多一點，結論可能完全不一樣！

　　孫維新〈白象與男孩〉列舉兩則故事，一則是聽聞「泰國仿冒白象」的詐騙故事、一則是親眼所見「新疆放羊男孩」的神奇圈羊技巧，為讀者展示「理未易明，知識多一點，結論可能完全不一樣」的縝密思辨邏輯。讀者試著從生活中媒體傳播的「科普知識、健康訊息」試擬主題，分組學習「公共電視・流言追追追」的科學實驗精神，以釐清周遭傳播錯誤的資訊謎團。

（王淑蕙編撰）

## (3-3) 未來十年消失概率最小的十種職業，你安全嗎？[1]

李開復[2]

許多經濟學家、技術專家和未來學家，包括我本人在內，深深地對未來感到憂慮。我認為人工智慧的四波浪潮席捲了全球經濟，它們有潛力撬開更大的貧富差距，引起大範圍的技術性失業。未來由技術導致的財富與階層上的懸殊可能演變為更深刻的裂痕：撕裂社會結構、挑戰我們的人格尊嚴。

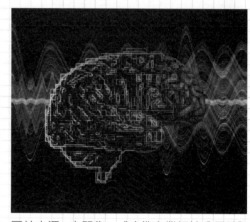

圖片來源：李開復，《哈佛商業評論公眾號》

人工智慧對於商業來說是一個異常強大的工具。經濟學家預測，到 2030 年，人工智慧將為全球經濟帶來 15.7 萬億美元的財富。很多收益來自自動化取代大量人工的工作。由此引發的裁員對所有勞動者都一視同仁，給高學歷白領職工和許多體力勞動者帶來同樣的巨大打擊。當人類與運算能力超過人腦的機器競爭時，大學本科學歷甚至是高度專業化的研究生學位都不再是工作的保障。

---

1　本文最初發表在《哈佛商業評論公眾號》，承蒙原作者李開復博士無償提供本教材使用，特此表達感謝之意。

2　李開復（1961-），生於臺灣臺北，中學時移民美國，1983 年畢業於哥倫比亞大學電腦科學系，1988 年獲卡內基美隆大學電腦學博士學位，當年被《商業周刊》授予「最重要科學創新獎」。歷任蘋果、微軟和 Google 等多家 IT（Information Technology）公司擔當要職。是最受年輕人歡迎的創業家、青年導師、暢銷書作家。2009 年 9 月在北京創立創新工場，幫助中國青年成功創業。2013 年獲選為《時代》雜誌全球最有影響力一百人。著有《人工智慧來了》、《我修的死亡學分》、《世界因你不同》、《做最好的自己》、《與李開復對話》等書。

> > >

## 人工智慧是第三個 GPT

我相信，人工智慧很快會成為下一個 GPT[3]（通用技術，General Purpose Technologies），刺激經濟生產甚至促進社會組織變革。人工智慧革命會達到工業革命的規模，甚至規模會更大，速度會更快。這些變革會比之前的經濟革命更廣泛。蒸汽動力從根本上改變了體力勞動的性質，ICT（資訊通訊技術，Information and Communication Technology）從根本上改變了某些類型的認知勞動，人工智慧則會同時影響這兩者。人工智慧會以遠超人類的速度和力量執行多種類型的體力和智力任務，大大提升運輸、製造、醫學等各個方面的生產力。

我相信我們可以確定以下幾件事。第一，在工業時代，新技術帶來了長期就業機會增長和工資水準的增長。第二，新的 GPT 依然很罕見且重要，應單獨評估各個 GPT 對於就業的影響。第三，在被廣泛認可的三個 GPT 中，蒸汽動力和電氣化同時推動了生產力和就業率提高，ICT 提高了生產力卻不一定增加就業。第四，人工智慧也會是一種 GPT，它偏重技能，應用速度快，這兩個特性表明人工智慧會對就業和收入分配產生不利影響。如果上述論據正確，那接下來的問題就很清楚了：哪些工作會受到衝擊？情況究竟有多糟？

---

3　GPT：是 General Purpose Technologies 的縮寫，中文世界通常譯為通用技術，是指由於科學技術的突破，使國民經濟和產業結構發生重大變化，社會因此出現嶄新面貌。這類技術過去包括蒸汽機、電力和內燃機，而人工智慧將是現當代最重要的通用技術。

我根據牛津大學、麥肯錫[4]、普華永道[5]、創新工場[6]研究報告綜合整理了 365 種人類工作的消亡概率。篇幅所限，本文選載了前十名和後十名，供讀者參考。

## 365種工作消失概率

| 前十名 | | 後十名 | |
|---|---|---|---|
| 職業種類　10-15年內被替代的可能性 | | 職業種類　10-15年內被替代的可能性 | |
| 1　人工智能科學家 | 0.1% | 356　紙料和木料機操作工 | 96.5% |
| 2　創業家 | 0.1% | 357　裝配工和常規程序操作工 | 96.7% |
| 3　心理學家 | 0.1% | 358　財務類行政人員 | 96.9% |
| 4　宗教教職人員 | 0.1% | 359　銀行或郵局職員 | 97.1% |
| 5　酒店與住宿經理或業主 | 0.1% | 360　簿記員、票據管理員或工資結算員 | 97.3% |
| 6　首席執行官 | 0.1% | 361　流水線質檢員 | 97.5% |
| 7　首席營銷官 | 0.1% | 362　常規程序檢查員和測試員 | 97.7% |
| 8　衛生服務與公共衛生管理或主管 | 0.1% | 363　過秤員、評級員或分類員 | 97.9% |
| 9　教育機構高級專家 | 0.1% | 364　打字員或相關鍵盤工作者 | 98.1% |
| 10　特殊教育老師 | 0.1% | 365　電話銷售員　市場 | 98.3% |

圖片來源：李開復，《哈佛商業評論公眾號》；謝欣恬（重繪）

4　麥肯錫公司：McKinsey & Company，簡稱麥肯錫，是一所由芝加哥大學會計系教授詹姆士・麥肯錫（James Oscar McKinsey）創立於芝加哥的管理諮詢公司，營運重點是為企業或政府的高層幹部獻策、針對龐雜的經營問題給予適當的解決方案。

5　普華永道：是一個國際會計審計專業服務網路，總部位於英國倫敦，全名是 Pricewater-houseCoopers，簡稱 PwC，是全球四大國際會計師事務所之一。

6　創新工場：2009 年由李開復博士創辦，是一個全方位的創業平臺，旨在培育創新人才和新一代高科技企業。

> > >

分析人工智慧取代工作崗位，不能僅僅用傳統「低技能」vs.「高技能」的單一維度來分析。人工智慧既會產生贏家，也會產生輸家，這取決於具體工作內容。儘管人工智慧可以在基於資料優化的少數工作中遠勝人類，但它無法自然地與人類互動，肢體動作不像人類那麼靈巧，也做不到創意地跨領域思考或其他一些需要複雜策略的工作（因為這些工作投入的要素和結果無法輕易量化）。下面我用兩張圖來解釋一下，第一張分析體力勞動，第二張分析認知勞動。

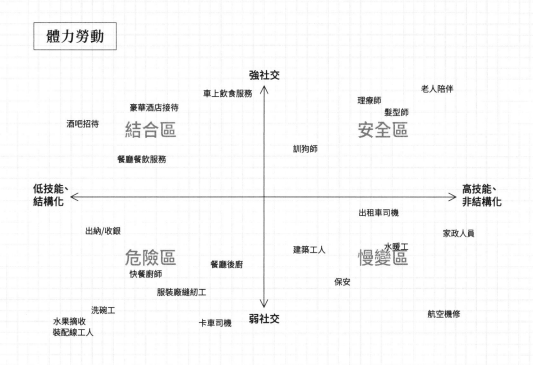

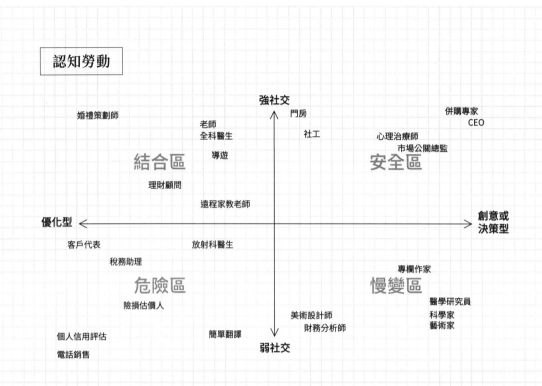

對於體力勞動來說，X軸的左邊是「低技能、結構化」，右邊是「高技能、非結構化」。Y軸下邊是「弱社交」，上邊是「強社交」。認知勞動圖的Y軸與體力勞動一樣（弱社交到強社交），但X軸不同：左側是「優化型」，右側是「創意或決策型」。如果認知勞動的重點是將資料中可量化的變數最大化（例如設置最優保險費率或最大化退稅），就歸類為「優化型」的職業。這幾條軸將兩張圖各分為四個象限：第三象限是「危險區」，第一象限是「安全區」，第二象限是「結合區」，第四象限是「慢變區」。工作內容主要落在「危險區」的工作（如卡車司機、定損員等）在未來幾年面臨著被取代的高風險。「安全區」的工作（如導遊、心理學家、按摩師等）在可預見的未來中不太可能被自動化。「結合區」和「慢變區」象限的界限並不太明確：儘管目前不會完全被取代，但工作任務的重組或技術的穩定進步，可能引起針對這些工作崗位的大範圍裁員。

> > >

在左上角的「結合區」中，大部分計算和體力性質的工作已經可以由機器完成，但關鍵的社交互動部分使它們難以完全自動化。所以，最可能產生的結果就是幕後優化工作由機器完成，少量人類工人仍會是客戶的社交介面，人類和機器形成共生關係。此類工作可能包括保安人員、報稅員甚至放射科醫生。這些工作消失的速度和比例取決於公司改造員工工作內容的靈活程度，以及客戶對於與電腦互動心態的開放程度。落在「慢變區」的工作（如水管工、建築工人、平面設計師等）不依賴於人類的社交技能，而依賴於動手能力、創造性或適應非結構化環境的能力。這些仍是人工智慧的短板。由於不斷發展的技術會在未來幾年中慢慢提升這些短板，所以此象限中工作消失的速度，更多地取決於人工智慧能力的實際擴展。

## 兩類失業：一對一取代和徹底清除

我是一名技術專家和早期風險投資者，我的專業背景教會我嘗試以不同的方法解決問題。在職業生涯早期，我致力於將先進的人工智慧技術轉化為有用的產品。同時，作為風險資本家，我也投資和協助一些新的創業公司。這兩份工作讓我發現人工智慧對工作崗位形成的威脅不只是「一對一取代」，還有「徹底清除」。

我投資的許多人工智慧公司，都在嘗試開發可以取代某類工人的單一人工智慧驅動產品，如可以完成倉庫搬運工工作的機器人，可以完成計程車司機核心任務的自動駕駛汽車演算法等。如果取得成功，這些公司會向客戶銷售其人工智慧產品，而客戶可能解雇被替代的剩餘勞動力。這些「一對一取代」的工作類型，正是經濟學家利用「工作任務分析法」所研究的課題核心。

　　但還有一種完全不同的人工智慧創業公司：它們想從根本上重構整個行業。這些公司並不是想用同樣功能的機器人取代工人，而是追求通過新的方式來滿足整個產業用人的基本需求。演算法沒有取代這些公司的員工，因為這些公司從來就沒有雇用人類員工。但是隨著這些公司優質而低價的服務逐漸佔據市場，他們會給雇用人類員工的競爭對手造成壓力。他們的對手將被迫從頭開始調整，如重構工作流程、利用人工智慧、裁員等，否則就面臨倒閉的風險。最終結果是一樣的：人類工人將會越來越少。

　　這種原因導致的失業，是眾多採用「工作任務分析法」做研究的經濟學家沒有預測到的。如果將這種劃分方法應用在新聞類App上，預測「編輯」這個崗位的自動化程度，會發現有很多任務是機器無法完成的，如閱讀和理解新聞專題文章、主觀評估應用用戶的適合性、與新聞記者以及其他編輯溝通等。但是當今日頭條研發演算法時，他們並不是想用演算法完成以上這些任務。相反，他們重新構思了新聞類App的核心功能——定制用戶希望閱讀的新聞故事清單——然後使用人工智慧演算法來完成。

　　我預計受衝擊最大的工種為市場行銷、客戶服務，以及涉及大量常規優化工作的行業如速食、金融證券甚至是放射醫學。據報導，花旗總裁兼機構客戶集團CEO傑米・福雷斯（Jamie Forese）表示，在未來5年內，花旗集團2萬名技術與運營人員中，最多將有一半員工面臨被裁員的境遇。這些改變會影響到「結合區」象限的就業，公司可能會交給少數員工去整合與客戶互動的工作，用演算法完成其他大多數幕後的單調工作。雖然所有人類工作不會全部消失，但工作崗位會大大減少。

　　比較下兩種類型的自動化程度：一對一取代的比例為38%，徹底顛覆的比例約為10%。無疑，我們面臨著巨大的挑戰。而所

> > >

有員工工作中任務的自動化比例也會不斷增加，將會使其公司的價值增加不斷放緩。更多的失業人員將會爭搶越來越少的工作崗位，這會使薪水進一步降低，導致許多人從事兼職或者掙錢不多的「零工」。而且這將會是一種新常態：智慧型機器全面上崗，人類就業則阻礙重重。

## 隨之而來的個人危機

除了引起直接失業，人工智慧還會加劇全球經濟不平衡。通過賦予機器人看、聽、拿、操作、移動的能力，人工智慧會徹底改革製造業，迫使發展中國家那些雇用了大量低薪工人的工廠破產，切斷底層人民改善生活的路徑，剝奪發展中國家通過低成本出口促進經濟發展的機會。中國、韓國、新加坡的脫貧致富之路曾經證明了這種方式的有效性。大量的年輕工人曾經是發展中國家的最大優勢，但在人工智慧跨越式發展的未來，卻會變成拖累和潛在的不穩定因素。

即使是發達國家，人工智慧依然會造成更大的貧富差距。人工智慧驅動的產業天然趨向於壟斷，會在壓低價格的同時消除公司間的競爭。最終，小型企業會被迫關門，人工智慧時代的行業主宰會獲得以前根本無法想像的利潤，經濟權力集中到少數人手中。在我看來，如果不加以管制，人工智慧對於潛在的社會經濟問題就是火上澆油。

伴隨失業浪潮，隨之而來的還有個人危機。自工業革命以來的數個世紀裡，工作不僅是一種謀生手段，更是一種自我認可以及生活意義的源泉。當我們身處社會之中，需要自我介紹或介紹

他人時，首先提到的就是工作。工作讓我們過得充實，給人一種規律感，讓我們和其他人聯結。固定的薪水不僅是一種勞動報酬方式，也代表了個人對社會的價值，表明每個人都是社會的重要成員。切斷這些聯繫，或者說迫使人們從事低於過去社會地位的工作，影響的不只是收入，還會直接傷害到我們的認同感和價值感。也許我們都應該捫心自問：在智慧型機器時代，生而為人的意義是什麼？

> > >

當前的閱讀教育已提升為素養教育，閱讀是一切學習的基礎，不只是閱讀怡情養性的美學散文，或是扣人心弦的奇幻小說，閱讀還是一個人能夠理解世界的重要能力。過往的語文教育多著重於「連續性文本」的閱讀，而鮮少選讀「非連續性文本」。相對於以句子和段落組成的「連續性文本」，「非連續性文本」的閱讀材料，則多了統計圖表、圖畫、表格等訊息。它的特點是直觀、簡明，易於比較，因此被廣泛運用於現代社會，與人們的日常生活和工作關係緊密。學會如何從非連續性文本中獲取我們所需要的訊息，得出有意義的結論，是現代公民應具有的閱讀能力。

本文雖然仍有大量文句與段落，但全文的核心重點則以數據和象限圖來傳遞，面對這種類型的文本，作為讀者的你，是否能順利獲取其中想要傳達的訊息與結論呢？

人工智能的發展已被討論多年，從工業應用到居家掃地，機器人能做的事越來越多，但在今年（2023）之前，AI 仍比較像是人們在茶餘飯後閒聊的科幻故事。直到今年 Open AI 開發的聊天機器人 ChatGPT 橫空出世，在網路迅速引爆熱議！緊接著微軟的 Bing AI、Google Bard 等生成式 AI 機器人相繼登上當代舞臺。

無疑地，AI 聊天機器人是 2023 年上半年最熱門的科技話題。因此，有人戲稱：「你 ChatGPT 了嗎？」即將取代「你 Google 了嗎？」，成為網路世代新的流行問候語。而茶餘飯後的科幻故事已迅雷不及掩耳地來到人們面前，上演真實殘酷的職業爭奪戰。

智能機器人會自動閱讀訂單，接著從貨架取出商品、移到物流臺，供物流人員檢核、出貨，而且它們能扛重物，不太需要休息，也不必領薪水。許多人擔憂，不久的將來，更多人類職業將會被 AI 取代甚至淘汰；面對一波波全球性的 AI 浪潮，更不乏遠見之士對人類的未來憂心忡忡：人類所開發的 AI 最終可能超越人類的智慧與智商，進而控制人類、監管人類，我們可能因此失去對自身文

明的控制，因而提出應暫停研發人工智能的呼籲。

對於尚在求學階段的大學生們來說，AI 科技焦慮可能更是難以承受之重吧！職業生涯還尚未正式展開，便覺壓力重重。在資本主義的社會裡，人與人的競爭本已是刀光劍影，現在還要面臨智慧型機器人的挑戰。

我們是否就真的毫無還手能力呢？除了唉聲嘆氣、坐以待斃之外，是否更應該積極思考如何與 AI 共存？如何運用 AI 使其成為稱職的協作工具？更進一步想，面對來勢洶洶的 AI 挑戰，有哪些獨屬於人類的能力是 AI 學不會、搶不走的？本文作者李開復先生乃是人工智慧領域的領先學者，此文所討論的各種職業與未來，無論你是否贊同，都值得關注與深思。

## ◇ 練功坊 ◇

人工智慧的應用層面日趨廣泛，找找我們生活周遭有哪些 AI 的應用實例，並且逐一探討，AI 在該產業的應用是否已經全面取代人類？

（林麗美編撰）

> > >

PART

# IV

## /

# 美 學 素 養

# 導論
••

　　近來，教育部將「美學素養」列入現代公民核心能力，強調「美感」是國家文化水準的基本指標，在任何先進國家中，民眾的「美感素養」標示出國家的競爭力與產業創意的程度。美感對象不僅針對藝文，也針對生活世界中的種種事物，泛指對於事物（非道德性）的統整性價值的體會。在高等教育中，應再輔以美學素養，增加「體認」的層次，以豐富美感之領受力。有鑑於此，本單元選出符合「美感」的篇章，引領讀者感受與領會文藝之美，以期增進美學素養。

　　在「東方美學」主題，以《紅樓夢》為本，援用書中三位主角的描寫，一窺賈寶玉天生的風韻情思、林黛玉的病態美和薛寶釵的樸實美。由於作者曹雪芹才華洋溢、文筆優美，在描繪人物頗有新意，不僅是具體外貌描繪，抽象的神態更是充滿意趣，使三位主角之形象躍然紙上。此外，《紅樓夢》的「判詞」是章回小說的新創，透過隱喻的象徵、雙關諧音的暗示，揭露出人物的命運結局，更顯悲劇之美，《紅樓夢》的這種隱喻在文學上也成就了極大的美學價值。

　　在「美男敘事」主題，聚焦在魏晉時期，因此時期是美男輩出的時代，他們不僅有才還有顏，故從《世說新語·容止篇》選出多位風格迥異的男子，看時人是如何品評男子之美，當時的審美觀又是如何，作為魏晉美男，必須具備什麼樣的條件？透過諸多品評，我們會發現「美」是無法單一定義的，顯現出當代豐富的美感思潮。

　　在「東西神話」主題，選出東方和西方多則神話代表。東方神話是遠古人民的口頭創作，先民經常遭受大自然的威脅，對於常見的自然現象無法作出科學的解釋，於是按照自己的想像，自己對自然的理解和期望，創造了神話。〈盤古開天〉解釋世界的開創和萬物的由來；〈女媧補天〉、〈后羿射日〉體現了遠古人民征服自然的強烈願望和堅強的決心；〈嫦娥奔月〉則附和了

中秋節的美麗傳說。西方神話原義是關於神和英雄的故事，於是諸神、英雄、美女、精靈⋯⋯，交織成奇幻的異想世界。〈宙斯誘拐歐羅巴〉、〈阿波羅的初戀〉兩則神話，皆是帶有悲劇之感的愛情故事，雖然是神，卻也無法掌握自己的命運，於是歐羅巴被宙斯劫持後，成為歐洲之母（解釋歐洲的由來）；黛芬妮因拒絕阿波羅的愛慕而幻化成一棵月桂樹，成為阿波羅刻苦銘心的初戀，關於她們的美麗神話，則將永遠流傳下去。〈金蘋果事件〉講述三位女神因為一顆金蘋果的糾紛，間接引發了特洛伊戰爭，相關故事成為歷來文學藝術的創作題材。〈冥王搶親〉則透過冥王的霸道奪愛，解釋了四季變化的由來。在這些故事之中，可以看到專屬神話的奇特的想像、大膽的誇張、奔放的熱情等特色，亦是神話美學的展現。

# (4-1) 《紅樓夢》詞曲選讀[1]

曹雪芹

## 賈寶玉[2] 之肖像描寫

面若中秋之月，色如春曉之花，
鬢若刀裁，眉如墨畫，鼻如懸膽，目若秋波。
雖怒時而若笑，即瞋視而有情⋯⋯
面如傅粉，唇若施脂，轉盼多情，語言若笑。
天然一段風韻，全在眉梢；
平生萬種情思，悉堆眼角。

## 林黛玉[3] 之肖像描寫

兩彎似蹙非蹙罥煙眉[4、5]，一雙似泣非泣含露目[6]。

1 又名《石頭記》、《情僧錄》、《風月寶鑑》、《金陵十二釵》。

2 賈寶玉是《紅樓夢》中的第一主角，為榮國府二老爺賈政和王夫人所生，排行老二，出場時其兄賈珠已死。他有一同父同母的大姐賈元春，以及趙姨娘所生、同父異母的弟弟賈環和妹妹賈探春。賈府中下人們稱其寶二爺，在大觀園聚集有文采之人所組的海棠詩社中別號怡紅公子、絳洞花王、富貴閒人，警幻情榜評為「情不情」。根據小說第一回，賈寶玉由神瑛侍者脫胎而成，對絳珠仙草有灌溉之恩，因此有還淚一說，出生時口銜一塊由女媧補天遺留的大青石化成的玉。寶玉厭棄科舉功名，不以世俗標準為生活準則，被看成「不肖的孽障」、「混世魔王」，曾說：「女兒是水做的骨肉，男人是泥做的骨肉。我見了女兒便清爽，見了男子便覺得濁臭逼人。」從小在女兒堆裡長大，喜歡親近女孩兒，討厭男人。

3 林黛玉是《紅樓夢》中的女主角之一，是賈母的外孫女，賈寶玉的姑表妹。父林如海，母賈敏，從小體弱多病，性格多愁善感，才思敏捷，注重靈性生活，住「瀟湘館」，海棠詩社別號瀟湘妃子。父母雙亡，寄居賈府，和寶玉兩情相悅，但賈府的長輩們最終選擇讓寶釵作寶玉的妻子，黛玉在沉重的打擊之下終於走向死亡，情榜評為「情情」。

4 現存的各種紅樓夢版本，描寫林黛玉眉眼的用語有數種文本，例如「兩彎似蹙非蹙籠煙眉，一雙似喜非喜含情目」、「兩彎半蹙鵝眉，一對多情杏眼」等。

5 兩彎似蹙非蹙罥煙眉：兩彎眉毛像一抹輕煙，似蹙非蹙。蹙，音ㄘㄨˋ，蹙眉就是皺眉。罥，音ㄐㄩㄢˋ，懸掛、纏繞。眉毛彎彎，有如一縷輕煙，眉尖若蹙，如煙雲繚繞，罥煙眉最能表現林黛玉超凡脫俗的神態。

6 一雙似泣非泣含露目：寫林黛玉雙眼常含淚，水汪汪地如含仙露明珠，呼應後句的「淚光點點」。「含露目」，寓絳珠仙草「甘露灌溉」原意。

> > >

態生兩靨之愁，嬌襲一身之病。

淚光點點，嬌喘微微。

閒靜似嬌花照水，行動如弱柳扶風。

心較比干多一竅，病如西子勝三分。[7]

## 薛寶釵[8]之肖像描寫

頭上挽著漆黑油光的簪兒，蜜合色[9]棉襖，

玫瑰紫二色金銀鼠[10]比肩[11]褂，蔥黃[12]綾棉裙，

一色半新不舊，看去不覺奢華。

唇不點而紅，眉不畫而翠；臉若銀盆，眼如水杏。

罕言寡語[13]，人謂藏愚[14]；安分隨時，自云守拙[15]。

---

7　心較比干多一竅，病如西子勝三分：寫林黛玉敏捷聰慧，美貌又病弱。比干，商代貴族，紂王的叔父。紂王淫亂，比干諫之，被誅。相傳比干擁有七竅玲瓏心，黛玉的心較比干多一竅，是讚美其聰穎。西子，即西施，春秋時代越國美女。據說西施因患心病常捧心蹙眉，更現美態，這裡以西施比喻黛玉的病態美。

8　薛寶釵是《紅樓夢》中的主要人物，賈寶玉的姨表姐，父親早亡，與母親薛姨媽、哥哥薛蟠寄住於賈府。體態豐滿，品格端莊，才德兼備，性格大度，喜怒哀樂皆有所壓抑，不欲表達於言表。寶釵住「蘅蕪院」，海棠詩社別號蘅蕪君。雖然寶釵在與黛玉的競爭中終於勝出，但寶玉愛的是黛玉，寶釵得到的只是有名無實的婚姻。寶玉的出家讓她「守活寡」，作為「封建淑女」的典範，讓她把自己美好的人生埋葬在空洞淒冷的婚姻中。

9　蜜合色：淡黃如蜂蜜色。

10　銀鼠：動物名，狀頗類鼬，毛短色潔白，以小動物、昆蟲為食。皮可製裘禦寒，頗珍貴，產於中國吉林省一帶。

11　比肩：坎肩，意即無袖無領的上衣。

12　蔥黃：黃綠色。

13　罕言寡語：少言、不多言。形容人沉默，不隨意發言。

14　藏愚：掩藏愚昧不智。

15　守拙：以拙自安，不用機巧與世周旋。

# 《金陵十二釵[16]正冊》[17]判詞之黛玉和寶釵

可嘆停機德[18]，堪憐詠絮才[19]！
玉帶林中挂[20]，金簪雪裡埋[21]。

## 〈引子〉（《紅樓夢曲》[22]首支）

開闢鴻蒙，誰為情種？都只為風月情濃。
奈何天，傷懷日，寂寥時，試遣愚衷：
因此上演出這悲金悼玉的《紅樓夢》。

16 金陵十二釵指《紅樓夢》書中 12 位主要女性人物，有林黛玉、薛寶釵、賈元春、賈探春、史湘雲、妙玉、賈迎春、賈惜春、王熙鳳、賈巧姐、李紈、秦可卿。

17 金陵十二釵簿冊出現在《紅樓夢》第五回，寶玉由警幻仙姑引導遊歷了太虛幻境，翻閱了「金陵十二釵」的簿冊，正冊、副冊、又副冊 3 本，後又隨仙姑聞仙香、嚐仙酒、品仙茗、觀仙舞、聽仙樂《紅樓夢曲》。

18 可嘆停機德：薛寶釵有封建社會賢妻良母之美德，可惜徒勞無功。停機德，出自《後漢書‧列女傳‧樂羊子妻》。樂羊子出遠門尋師求學，因為思家一年即歸。其妻樂氏正在織布，跪問其故，羊子曰：「久行懷思，無它異也。」樂氏遂拿刀割斷織布機上的絹匹，以此比喻學業中斷將前功盡棄，規勸樂羊子繼續求學，謀取功名，不要半途而廢。

19 堪憐詠絮才：林黛玉才華出眾，但命運卻令人同情。詠絮才，出自晉代謝道韞的典故。某個寒天雪日，謝道韞的叔父謝安，對雪吟句說：「白雪紛紛何所似？」謝道韞的哥哥謝朗答道：「撒鹽空中差可擬。」謝道韞接著說：「未若柳絮因風起。」謝安一聽，大為讚賞，後世以「詠絮才」稱讚能詩善文的女子。

20 玉帶林中挂：玉帶林，點出林黛玉的名字。《金陵十二釵正冊》裡的頭一頁畫「兩株枯木（雙木為林），木上懸著一圍玉帶」，隱寓林黛玉猶如一潔白的玉帶懸掛枯木上，不被珍惜，是黛玉才情被忽視，命運淒慘的寫照。

21 金簪雪裡埋：「金簪」喻「寶釵」，雪，諧音薛。《金陵十二釵正冊》裡的頭一頁也畫「地下又有一堆雪，雪中有一股金簪」，耀眼的金簪埋沒在寒冷的雪堆，暗示薛寶釵必然遭到冷落孤寒的境遇。寶釵雖然勝了黛玉，嫁給寶玉當上「寶二奶奶」，但好景不常，在寶玉離去出家後，獨守空閨，成了封建禮教的犧牲品。

22 《紅樓夢曲》共有 14 支，開首一支為引子，最末一支為收尾。中間 12 曲，分別歌詠金陵十二釵，暗寓各人的身世結局和對她們的評論。

> > >

## 〈終身誤〉（《紅樓夢曲》第二支）

都道是金玉良緣[23]，俺只念木石前盟[24]。
空對著、山中高士晶瑩雪，
終不忘、世外仙姝寂寞林。
嘆人間，美中不足今方信。
縱然是齊眉舉案[25]，到底意難平！

## 〈枉凝眉〉（《紅樓夢曲》第三支）

一個是閬苑[26]仙葩，一個是美玉無瑕。

---

23 金玉良緣：薛寶釵身上有一和尚所贈予的金鎖片，刻著「不離不棄，芳齡永繼」八字，與賈寶玉出生時口銜之通靈寶玉上所刻之「莫失莫忘，仙壽恆昌」恰好是一對，象徵他們的姻緣乃命中注定，因此有「金玉良緣」之說。

24 木石前盟：仙界赤霞宮神瑛侍者對一株垂死的絳珠仙草有灌溉之德、雨露之惠，後來動了凡心想下凡遊歷人間，投胎賈府成了賈寶玉。絳珠仙草受甘露灌溉始得久延歲月，後來既受天地精華，復得甘露滋養，遂脫去草木之胎，幻化人形，修成女體，成了絳珠仙子。因未曾回報神瑛侍者的灌溉恩惠，體內鬱結著一股纏綿，聞訊亦隨神瑛侍者下凡，投胎入世為林黛玉，打算把一生所有的眼淚還他。

25 齊眉舉案：比喻夫妻相敬如賓。出自《後漢書·卷八十三·逸民傳·梁鴻傳》，東漢孟光送飯食給丈夫梁鴻時，總是將木盤高舉，與眉平齊，夫妻互敬互愛的故事。

26 閬苑：神話傳說中神仙住的宮苑。閬，音ㄌㄤˊ，又音ㄌㄤˋ。

若說沒奇緣，今生偏又遇著他；
若說有奇緣，如何心事終虛話？
一個枉自嗟呀，一個空勞牽掛。
一個是水中月[27]，一個是鏡中花[28]。
想眼中能有多少淚珠兒，
怎禁得秋流到冬，春流到夏！

## 〈收尾·飛鳥各投林〉[29]（《紅樓夢曲》第十四支）

為官的，家業凋零。富貴的，金銀散盡。
有恩的，死裏逃生。無情的，分明報應。
欠命的，命已還。欠淚的，淚已盡。
冤冤相報實非輕，分離聚合皆前定。
欲知命短問前生，老來富貴也真僥倖。
看破的，遁入空門。痴迷的，枉送了性命。
好一似食盡鳥投林，落了片白茫茫大地真乾淨！

## 附錄1：女媧煉石補天（節錄自《紅樓夢》第一回）

　　媧氏煉石補天之時，于大荒山無稽崖練成高經十二丈，方經
二十四丈頑石，三萬六千五百零一塊。女媧只用了三萬六千五百
塊，只單單剩了一塊未用，便棄在此山青埂峰下。誰知此石自經
煅煉之後，靈性已通，因見眾石俱得補天，獨自己無材不堪入選，
遂自怨自嘆，日夜悲號慚愧。這時來了一僧（茫茫大士）一道（渺

---

27　水中月：映在水中的月亮，並非實體，故用來比喻事物難以捉摸。

28　鏡中花：比喻虛幻的影象。

29　飛鳥各投林：意指「家散人亡各奔騰」，與「樹倒猢猻散」同義。

> > >

渺真人），說起人世間的榮華富貴，此石聽後動了凡心，便求僧道攜它下凡。待它「幻形入世」、經歷過一番人間的「離合悲歡炎涼世態」之後，重又回到了青埂峰下，於是便將它在人間的這番經歷刻記在石上，後由空空道人抄錄回來。

## 附錄 2：還淚報恩（節錄自《紅樓夢》第一回）

只因西方靈河岸上三生石畔有絳珠草一株，時有赤霞宮神瑛侍者，日以甘露灌溉，這絳珠草便得久延歲月。後來既受天地精華，復得雨露滋養，遂得脫卻草胎木質，得換人形，僅修成個女體，終日游於離恨天外，飢則食蜜青果為膳，渴則飲灌愁海水為湯。只因尚未酬報灌溉之德，故其五內便鬱結著一段纏綿不盡之意。恰近日這神瑛侍者凡心偶熾，乘此昌明太平朝世，意欲下凡造歷幻緣，已在警幻仙子案前掛了號。警幻亦曾問及，灌溉之情未償，趁此倒可了結的。那絳珠仙子道：「他是甘露之惠，我並無此水可還。他既下世為人，我也去下世為人，但把我一生所有的眼淚還他，也償還得過他了。」

## 附錄 3：《金陵十二釵正冊》的畫和判詞
### （節錄自《紅樓夢》第五回）

1. 林黛玉和薛寶釵　　畫：兩株枯木，木上懸著一圍玉帶；又有一堆雪，雪下一股金簪。
判詞：可歎停機德，堪憐詠絮才！玉帶林中挂，金簪雪裏埋。
2. 賈元春　　畫：一張弓，弓上掛一香櫞。
判詞：二十年來辨是非，榴花開處照宮闈。三春爭及初春景，虎兔相逢大夢歸。

3. 賈探春　畫：兩人放風箏，一片大海，一隻大船，船中有一女子掩面泣涕之狀。

判詞：才自精明志自高，生於末世運偏消。清明涕送江邊望，千里東風一夢遙。

4. 史湘雲　畫：幾縷飛雲，一灣逝水。

判詞：富貴又何為，襁褓之間父母違。展眼吊斜暉，湘江水逝楚雲飛。

5. 妙玉　　畫：一塊美玉，落在泥污之中。

判詞：欲潔何曾潔，雲空未必空。可憐金玉質，終陷淖泥中。

6. 賈迎春　畫：一個惡狼，追撲一美女，欲啗之意。

判詞：子系中山狼，得志便猖狂。金閨花柳質，一載赴黃粱。

7. 賈惜春　畫：一座古廟，裡面有一美人，在內看經獨坐。

判詞：勘破三春景不長，緇衣頓改昔年妝。可憐繡戶侯門女，獨臥青燈古佛旁。

8. 王熙鳳　畫：一片冰山，山上有一隻雌鳳。

判詞：凡鳥偏從末世來，都知愛慕此生才，一從二令三人木，哭向金陵事更哀。

9. 賈巧姐　畫：一座荒村野店，有一美人在那裏紡織。

判詞：勢敗休云貴，家亡莫論親。偶因濟劉氏，巧得遇恩人。

10. 李紈　　畫：一盆茂蘭，旁有一位鳳冠霞帔的美人。

判詞：桃李春風結子完，到頭誰似一盆蘭？如冰水好空相妒，枉與他人作笑談。

11. 秦可卿　畫：高樓大廈，有一美人懸樑自縊。

判詞：情天情海幻情身，情既相逢必主淫。漫言不肖皆榮出，造釁開端實在寧。

> > >

曹雪芹（約 1715-1763），清滿州包衣人，名霑，字夢阮，號雪芹、芹圃、芹溪，清朝小說家，工詩善畫。祖先遷居東北，明末清初，入漢軍正白旗籍。康熙二年到雍正六年（1663-1728），從曾祖父曹璽起，祖父曹寅、伯父曹顒、父親曹頫，三代四人世襲江寧織造[30]六十多年，是曹家富貴榮華的極盛時期。後因清宮內部鬥爭激烈[31]，其父獲罪削職[32]，家產悉數抄沒，遷北京，「富貴流傳已歷百年」煊赫一時的閥閱[33]世家日漸衰敗。曹雪芹一生歷經曹家由盛而衰的過程，晚期生活窮困，靠賣字畫及朋友接濟維生，他窮愁中堅持著書，花十年寫作《紅樓夢》一書，最後貧病而死。

在豐富生活經驗的基礎上，晚年窮困的曹雪芹用生命和血淚創作出偉大的文學傑作《紅樓夢》，經「批閱十載，增刪五次」，通過精煉的語言和高超優美的藝術技巧，曹雪芹將一幅封建貴族家庭興衰的歷史圖卷具體又生動地展開在讀者眼前。這部家譜式的小說大膽揭露君權時代外戚貴族荒淫腐敗的奢華生活，暗示封建社會崩潰的必然性，具有豐富深刻的社會意義。《紅樓夢》的現實主義達到高度的藝術成就，其中又以賈寶玉、林黛玉及薛寶釵三人的愛情與婚姻悲劇最能感動讀者。曹雪芹對人物性格形象的塑造精雕細琢，他運用詩詞歌賦等形式把人物描繪得鮮活獨特，並透過揮灑自如的筆觸，藉由肖像描寫和詩曲，揭示人物的性格和命運。本課選讀三位主要人物的肖像描寫、《金陵十二釵正冊》裡的判詞、《紅樓夢曲》，以領受文學和藝術之美。

---

30 江寧織造署是清朝在江寧府（現江蘇省南京市）設置的織造御用和官用緞匹的專門衙署，江寧織造一職通常由皇帝的親信擔任，除本職外，還兼有監視當地官員、向皇帝匯報當地政治動向的祕密使命。曹家三世在官時，常以密摺上奏各處情況，實為康熙的耳目。

31 康熙去世，雍正繼位後為樹立自己威權，特別打擊其父親康熙之親信，曹家首當其衝。

32 曹頫以「行為不端」、「騷擾驛站」和「虧空」罪名革職入獄。

33 古代貼在門上的功狀，在左的稱為「閥」，在右的稱為「閱」，閥閱世家借指巨室世家。

　　寶玉第一次出場是在第三回黛玉剛到賈府時，曹雪芹以黛玉的視角來看寶玉：「面若中秋之月，色如春曉之花……」，簡短幾句話便將寶玉的聰明靈秀、天生癡情的氣質全表達出來。從頭到腳，從整體到局部，從外貌到表情，一位溫柔多情貴公子——寶玉——彷彿從書中走出來，真真切切站在眼前。黛玉和寶釵的肖像描寫筆法則不同，細緻又充滿了想像空間。以充滿詩情畫意的浪漫主義筆法刻劃出黛玉超凡脫俗之神韻，以寫實主義筆法描繪出寶釵豔冠群芳之具象姿態，分開來看，黛、釵如兩山並立，二水分流，各現其美——黛玉的靈動美和寶釵的端莊美都是女性美的典範。

　　寶玉在夢中由警幻仙姑引領遊歷太虛幻境，來到薄命司，看到有大櫥裝載著各省薄命女子的生平判詞，在家鄉金陵的櫃子翻冊觀看《金陵十二釵正冊》、《副冊》、《又副冊》等三冊。冊中有圖畫和判詞，但無姓名，寶玉不解意指何人，其實上面記載的正是賈府上、中、下三等女子的命運。當寶玉翻開《金陵十二釵正冊》第一頁，看見一幅圖畫和四句判詞，判詞寫著：「可嘆停機德，堪憐詠絮才！玉帶林中挂，金簪雪裡埋。」實則暗示寶釵和黛玉的命運，寶釵深備婦德、黛玉詩才敏捷，兩人的結局皆令人憐嘆。曹雪芹在這裡做了黛釵合一的藝術設計，黛、釵二人在思想行為上明顯對立，黛玉離經叛道，寶釵恪守封建禮教規範，但她們同樣被囚禁在男尊女卑的封建牢籠，皆紅顏薄命，令人惋惜和哀悼。

　　警幻仙姑見寶玉看過簿冊後仍未從情慾聲色中覺醒，安排他聆聽《紅樓夢曲》的歌舞演唱，其中〈終身誤〉和〈枉凝眉〉二曲最能解讀寶、黛、釵三人的愛情婚姻悲劇。〈終身誤〉預示寶釵因婚姻而終身誤，曲子以寶玉的口吻道出金玉良緣和木石前盟的悲劇衝突，最後寶玉娶的是寶釵，但心中始終念念不忘黛玉。寶釵雖成就了「金玉良緣」的虛名，實際上卻終身寂寞。〈枉凝眉〉講的是黛玉和寶玉雖有前世因緣，但到頭來鏡花水月一場空，從一開始就注定了寶、黛悲劇的結局。〈飛鳥各投林〉是《紅樓夢曲》的最後一

支，概括地道出書中各種人物的命運，表現整個封建制度和封建階級正加速走向滅亡的歷史趨勢。

**練功坊**

1 賞析賈寶玉、林黛玉、薛寶釵三人的藝術形象之美。

2 探討 e 世代有哪些美的新典範並舉例人物。

3 《紅樓夢》在藝術表現上取得了輝煌的成就，其中「黛玉葬花」、「寶釵撲蝶」、「晴雯撕扇」、「湘雲臥芍」並稱《紅樓夢》四大行為藝術，每每成為後人創作的靈感來源。小組或個人發揮創意，嘗試設計與《紅樓夢》相關的文創商品。

為了發揚古典文學藝術，民國 87 年中華郵政出版了以古典小說《紅樓夢》為題材的郵票組，其中有「寶玉遊園」，呈現聰俊靈秀「無事忙」的賈寶玉終日和眾姐妹穿梭來往大觀園，而「黛玉葬花」林黛玉的任性純真、「寶釵戲蝶」薛寶釵的理性練達，反映了她們不同的性格和命運。

圖片來源：特 387 中國古典小說郵票──紅樓夢，繪者李光棋、中華郵政授權使用

（高碧玉編撰）

## ④-2 《世說新語 · 容止》選讀 劉義慶[1]

### 床頭捉刀人

魏武[2]將見匈奴使,自以形陋[3],不足雄遠國[4],使崔季珪[5]代,帝自捉刀立牀頭[6]。既畢,令間諜問曰:「魏王何如?」匈奴使答曰:「魏王雅望[7]非常;然床頭捉刀人,此乃英雄也!」

### 何平叔美姿儀

何平叔[8]美姿儀,面至白,魏明帝疑其傅[9]粉;正夏月,與熱湯餅。既噉[10],大汗出,以朱衣自拭,色轉皎然[11]。

---

1 劉義慶:劉義慶(403-444),南朝宋彭城綏里人。本長沙景王道鄰之子,因臨川王道規無子,出繼為嗣子,襲封為臨川王。歷任丹陽尹、荊州刺史、江州刺史。性簡素,寡嗜欲,愛好文學,卒諡康。編有《幽明錄》、《宣驗記》、《徐州先賢傳》、《世說新語》等。

2 魏武:魏武帝,即曹操(155-220),字孟德,小字阿瞞,東漢沛國譙(今安徽省亳縣)人。有雄才,多權詐,能文學。起兵擊黃巾,討董卓,漸次剪削諸雄,自為丞相,拜大將軍,爵魏公,旋進爵魏王,加九錫。後卒於洛陽,子丕篡漢,追諡武帝,廟號太祖。

3 形陋:狀貌矮小。陋,狹小。

4 雄遠國:稱霸於邊遠的國家。

5 崔季珪:崔琰(163-216,另有生年不詳之說法),字季珪(ㄍㄨㄟ),三國魏清河東武城人。身材高大,鬚長四尺,眉目疏朗,甚有威重,後因故被曹操賜死。

6 牀頭:座側。牀,安身的几坐。

7 雅望:嚴正的儀容。

8 何平叔:何晏(?-249),三國魏宛(今河南省南陽縣)人,字平叔。好老莊之言,與夏侯玄、王弼等競尚清談,士大夫效之,遂成一時風氣,後為司馬懿所殺。著有《論語集解》、《道德論》等。

9 傅:通「敷」。

10 噉:食。

11 皎然:白而光亮。

# 風姿特秀

　　嵇康身長七尺八寸[12]，風姿特秀[13]。見者歎曰：「蕭蕭肅肅[14]，爽朗清舉[15]。」或云：「肅肅[16]如松下風，高而徐引[17]。」山公曰：「嵇叔夜之為人也，巖巖[18]若孤松之獨立；其醉也，傀俄[19]若玉山之將崩[20]。」

圖片來源：維基共享資源

---

12　七尺八寸：此為古代的尺寸，與現代計算不同，「七尺八寸」約一百八十幾公分，表示他身材高大挺拔。

13　風姿特秀：風度姿態秀美出眾，氣質非凡。

14　蕭蕭肅肅：蕭蕭，形容舉止瀟灑脫俗。肅肅，端莊拘謹貌。蕭蕭肅肅：指舉止瀟灑脫俗、安詳的樣子。

15　爽朗清舉：爽朗，豪爽開朗。清舉，清逸挺拔。爽朗清舉，形容氣質豪爽清逸。

16　肅肅：風聲強勁有力。

17　高而徐引：高遠、舒緩而綿長。

18　巖巖：挺拔的樣子。

19　傀俄：音ㄍㄨㄟ　ㄜˊ，意指傾頹的樣子。

20　玉山之將崩：玉山，借喻儀容美好的人。「玉山將崩」形容人酒醉傾側不穩的樣子，也作「玉山傾倒」、「玉山傾頹」。

## 潘岳妙有姿容

　　潘岳[21]妙[22]有姿容，好神情[23]。少時，挾彈[24]出洛陽道，婦人遇者，莫不連手共縈[25]之。

## 看殺衛玠

　　衛玠[26]從豫章至下都，人久聞其名，觀者如堵牆。玠先有羸疾，體不堪勞，遂成病而死；時人謂：「看殺衛玠。」

---

21　潘岳：潘岳（？-300），字安仁，也稱為「潘河陽」、「潘安」。西晉中牟（今河南省中牟縣東）人。美姿儀，出洛陽道，婦人嘗縈繞投果。為文詞藻絕麗，尤長於哀誄，有悼亡詩，為世傳誦。後孫秀誣以謀反，族誅。

22　妙：美好。

23　神情：精神意態。

24　挾彈：拿著彈弓。

25　縈：環繞。

26　衛玠：衛玠（286-312），字叔寶，晉安邑（今山西夏縣北）人。風神秀異，仕為太子洗馬，後避亂移家建業，京師人士聞其姿容，觀者如堵，年27歲卒，時謂被人看殺。嘗言人有不可及，可以情恕，非意相干，可以理遣，故終身不見喜怒之色。

> > >

魏晉是個美男輩出的時代，各種類型的美男被記錄在《世說新語‧容止篇》，本章選文皆出自此篇。「容止」指人的儀容舉止，在當時清談之風和品評人物風氣的影響下，時人將外貌、身材、態度、舉止等，視為品評人物的標準，顯現魏晉士人的審美意趣。

〈床頭捉刀人〉講述曹操自認貌醜矮小，難以在匈奴使者前顯王者風範，只好請一位身材高大之人替之，自己持刀站立座旁，但匈奴使者卻認為「魏王」雖有威重的儀容，身邊的持刀者才是真英雄。可見曹操即使形貌不佳，身材矮小，仍掩蓋不了身上散發出的英雄氣息和強大氣場，進而引起使者的注意，可知魏晉審美不單在皮相還有氣概，氣場強大足以蓋過身高劣勢。當今市場似乎對男性也有身高要求，但身高並不會影響你的整體，只要你儀態好、氣質佳、個性有趣或有屬於自己的特質，你也會是他人眼中的「型男」。

〈何平叔美姿儀〉講述何晏除了外貌秀美，其白裡透紅的皮膚連皇帝都懷疑是否擦粉化妝，畢竟當時男子流行擦粉，於是皇帝在大熱天賜予他一碗熱湯餅，想看他「脫妝」的樣貌，誰知出汗後，何晏用朱紅色的衣服擦拭，面容竟然顯得更加白皙光亮，經此一試，更加確定他是天生麗質，無須靠化妝藻飾的美男。

嵇康也是當時公認的美男，《晉書》記載他：「身長七尺八寸，美詞氣，有風儀，而土木形骸，不自藻飾，人以為龍章鳳姿，天質自然。」《康別傳》則說他：「正爾在群形之中，便自知非常之器。」傳說有一次嵇康去山中採藥，行走在雲霧之中，路過的樵夫看到了他，那遺世獨立、飄飄若仙的樣子，驚呼：「此仙人也！」這些記載不描繪他的容貌，主要是他身上氣質的展現，他的風度姿態與常人不同，故在人群中特別顯眼凸出。〈風姿特秀〉這則記載，首先是他的身高，《說文解字》解析「美」字乃「從羊從大」，古代以大為美，高大的男子的確予人一種軒昂挺拔、雄偉傲岸之感，故高大的外型是美的第一步，亦是魏晉美男子的審美標準之一。而嵇康不但高，還是與眾不同、別有氣質的高，這自然與他超凡的玄學思想有關，因此由內而外顯現出他的儀表風度，他的好友山濤形容得

妙：「嵇叔夜這個人，平時蒼勁挺拔，好像一棵孤松獨立在那裡；當他喝醉時，如同高大雄偉的玉山緩緩傾斜。」由此可見嵇康的高是一種令人敬畏的孤高之美，但在醉酒之後，他的體態好像玉山將崩，這形象又使人心生憐愛。這則記載藉由不同人物之口，描述嵇康的風采和儀態，光是講述他的「風姿特秀」就用了不同程度的形容，雖是寥寥數語卻形容貼切，展現出筆記小說的特色。

潘岳被稱為古代四大美男之首，「貌比潘安」、「潘安再世」、「玉貌潘郎」皆是稱譽男子貌美的成語，據《晉書・潘岳傳》記載，其姿儀俊美，每出門時，洛陽婦女爭相把果子擲到他的車上表達愛意，皆滿車而歸，即成語「擲果盈車」由來，後以此形容貌美男子受人歡迎，或婦女愛慕俊俏男子。〈潘岳妙有姿容〉這則記載，可知這位國民老公隨意出街，瞬間秒殺眾多女性之友，竟大膽地圍住他表愛慕之情，堪稱是當代的超級偶像、師奶殺手！這些女子可謂是典籍可見最早的追星始祖了。

衛玠之美於典籍中多有記載，《晉書》說他5歲即「風神秀異」，乘羊車入市，見者皆以為「玉人」，即神采俊秀的人，於是圍觀如堵，爭相目睹他的風采。他的舅舅王濟也是美男子，每次見到這位外甥時，總會發出「珠玉在側，覺我形穢」的慨歎；又說「與玠同遊，冏若明珠之在側，朗然照人。」衛玠自小身體羸弱，又添了幾分病態之美。一次衛玠在從豫章來到下都時，城裡民眾久聞他的姿容，所經之處萬人空巷，爭相搶看他的美貌，本就體弱多病的他，不堪路程勞苦和眾人圍堵，病情因而加劇，竟為盛名而死，當時的人才說：「衛玠是被大家看死的。」古今中外，因美而驚懼而亡的，堪稱衛玠一人了。而「看殺衛玠」也衍伸為成語，比喻爲群眾所仰慕的人。

> > >

1 「體態與容貌皆好，德行與才華並具」，可說是理想美男的準則，那麼你心中的男神／女神應具備哪些特質呢？請列出三點跟大家分享。

2 請翻找《世說新語‧容止》篇章，找出其他你感興趣的「美男」跟大家分享。

3 請嘗試《世說新語》的筆法，用寥寥數語去形容一位明星藝人，或是周遭友人之美。

（許雅貴編撰）

## (4-3) 神話傳說選讀

### 盤古開天《繹史[1] · 卷一》　　　　　　　　馬驌

天地渾沌[2]如雞子[3]，盤古[4]生在其中，萬八千歲[5]。天地開闢，陽清為天，陰濁為地[6]。盤古在其中，一日九變。神於天，聖於地[7]。天日高一丈，地日厚一丈，盤古日長一丈。如此萬八千歲，天數極高，地數極深，盤古極長[8]，後乃有三皇[9]。數起於一，立於三，成於五，盛於七，極於九，故天去地九萬里。[10]

天氣濛鴻[11]，萌芽茲始，遂分天地，肇立乾坤[12]，啟陰感陽，

---

1　《繹史》，明末清初馬驌撰，共 160 卷，纂錄自神話傳說時代到秦朝末年的史事，紀事本末體史書，卷一蒐錄之盤古開天闢地引自《三五曆紀》、《五運歷年記》。《三五曆紀》和《五運歷年記》乃三國吳人徐整撰，生平不詳，此書已亡佚，《繹史》中輯有部分文字。

2　渾沌：音ㄏㄨㄣˊ ㄉㄨㄣˋ，傳說中天地未形成時，元氣不分、模糊不清的狀態。

3　雞子：雞蛋。

4　盤古：中國神話傳說中開天闢地的人，其後乃有三皇，傳說盤古死後天地及萬物都由其身軀和器官轉化而成。盤古神話最早流傳於中國南方少數民族中，是少數民族對人類起源的想像，直到三國時期徐整著作《三五曆紀》，創造了一個盤古開天闢地的神話，填補了古人對洪荒時代的這一段空白。

5　萬八千歲：經過了一萬八千年。

6　陽清為天，陰濁為地：輕而清的東西緩緩上升，形成了天，重而濁的東西慢慢下降，形成了地。

7　神於天，聖於地：頭頂著天，腳踏著地。

8　天數極高，地數極深，盤古極長：天變得極高，地變得極厚，盤古變得極高大。

9　三皇：上古神話傳說中的三位帝王。

10　數起於一，立於三，成於五，盛於七，極於九，故天去地九萬里：一是開始，天地萬物始於一，一混沌生二（陰陽），二生三（天、地、人），三生萬物。五（東南西北中，即為一個整體，亦可理解為金木水火土即萬物），盛於七（出入無疾，朋來無咎；反復其道，七日來復，七即一循環），處於九（九為數之極），天地相隔九萬里。

11　濛鴻：混沌迷濛的樣子。

12　肇立乾坤：天地初開。肇，音ㄓㄠˋ，首度、開端。乾坤，天地的代名詞。

> > >

分佈元氣，乃孕中和[13]，是為人也。首生盤古，垂死化身：氣成風雲，聲為雷霆[14]，左眼為日，右眼為月，四肢五體為四極[15]五嶽[16]，血液為江河，筋脈為地理[17]，肌肉為田土，髮髭[18]為星辰，皮化為草木，齒骨為金石，精髓為珠玉，汗流為雨澤，身之諸蟲，因風所感，化為黎甿[19]。

## 女媧補天 《淮南子[20]‧覽冥訓》 劉安

往古之時，四極廢[21]，九州裂[22]，天不兼覆，地不周載[23]。火爁焱[24]而不滅，水浩洋而不息。猛獸食顓民[25]，鷙鳥[26]攫[27]老弱。於

13　中和：此指陰陽調和。

14　雷霆：洪大而急發的雷聲。

15　四極：指傳說中支撐蒼天的四條柱子，也有一些古籍認為有八或九條天柱。

16　五嶽：指東嶽泰山、西嶽華山、南嶽衡山、北嶽恆山和中嶽嵩山。

17　地理：指地表之高下。

18　髮髭：髭，音ㄗ。頭髮和鬍鬚。

19　黎甿：百姓、庶民。黎，眾多的。甿，音ㄇㄥˊ，同「氓」，舊指農民。

20　《淮南子》原名《鴻烈》，「鴻烈」意思是大而明亮，由西漢淮南王劉安（前 179–122）及其門客集體撰寫，內容原分為內、中、外篇，現僅存內篇 21 篇，東漢高誘為之注。內容廣博，以道家老莊為主，亦融合了儒法陰陽五行等家的思想，所以一般認為它是雜家著作。

21　四極廢：極，邊、端。廢，毀壞，此指折斷。

22　九州裂：傳說中古代中國劃分的九個地區。州，水中陸地。裂，分也。

23　天不兼覆，地不周載：天有所損毀，不能全部覆蓋萬物；地有所陷壞，不能完全承載萬物。兼，全部、全面。周，完全。

24　爁焱：焱，音一ㄢˇ。大火綿延燃燒的樣子。

25　顓民：善良的人民。顓，音ㄓㄨㄢ，蒙昧、膽怯。

26　鷙鳥：鷙，音ㄓˋ，猛禽。

27　攫：用爪抓取。

是女媧[28]煉五色石以補蒼天，斷鼇[29]足以立四極，殺黑龍以濟冀州[30]，積蘆灰以止淫水。蒼天補，四極正，淫水[31]涸，冀州平，狡蟲[32]死，顓民生。

山海經第十六 大荒西經

女媧補天

女媧補天圖
圖片來源：維基共享資源

## 后羿射日 《淮南子·本經訓》　　　　　劉安

逮至堯之時，十日並出，焦禾稼，殺[33]草木，而民無所食。猰㺄[34]、鑿齒[35]、九嬰[36]、大風[37]、封豨[38]、修蛇[39]皆為民害。堯乃使

28　女媧：媧，音ㄨㄚ。傳說中的女帝，俗稱女媧娘娘，原為神話傳說中的上古氏族首領，根據東漢文獻記載，女媧人首蛇身，其功績有摶土造人、煉石補天、發明笙簧和創設婚姻等。

29　鼇：音ㄠˊ，同「鰲」，一種海中的大龜。

30　殺黑龍以濟冀州：殺黑龍，使老百姓能安居四海之內。黑龍，水怪，發洪水危害人民。濟，救助。冀州，古九州之一，此處泛指黃河流域中原地區。

31　淫水：泛濫橫流的大水。

32　狡蟲：惡禽猛獸。

33　殺：音ㄕㄞˋ，凋落，凋零。

34　猰㺄：音ㄧㄚˋ　ㄩˇ，一種古代傳說中吃人的猛獸。

35　鑿齒：中國古代傳說中牙齒很長的人或野獸，被后羿所殺。

36　九嬰：中國古代妖怪之一，能噴水吐火，其叫聲如嬰兒啼哭，有九頭，故稱九嬰，被后羿射殺。

37　大風：是一種凶惡的鷙鳥。另解為中國古代傳說中的怪神，司風，是一位會引起狂風的災害神。

38　封豨：堯時代為禍南方桑林之野的雙頭大豬怪，力大無窮，四處傷人，使生民痛苦不堪。豨，音ㄒㄧ，野豬。

39　修蛇：長蛇、大蛇。亦作「修虵」、「脩蛇」，傳說能吞下象。修蛇封豨，比喻殘暴之人。

> > >

羿[40]誅鑿齒于疇華[41]之野，殺九嬰于凶水[42]之上，繳[43]大風於青丘之澤[44]，上射十日而下殺猰貐，斷修蛇於洞庭，禽封豨于桑林[45]，萬民皆喜，置堯以為天子。

## 嫦娥奔月《淮南子‧外八篇》 劉安

　　昔者，羿狩獵山中，遇姮娥[46]於月桂樹下。遂以月桂為證，成天作之合。羿請不死之藥於西王母，托與姮娥。逢蒙[47]往而竊之，竊之不成，欲加害姮娥，娥無以為計，吞不死藥以升天。然不忍離羿而去，滯留月宮。廣寒寂寥，悵然有喪，無以繼之，遂催吳剛伐桂，玉兔搗藥，欲配飛升之藥，重回人間焉。羿聞娥奔月而去，痛不欲生。月母感念其誠，允娥於月圓之日與羿會於月桂之下，民間有聞其竊竊私語者眾焉。

---

40　后羿：神話傳說中的上古射日英雄，據說堯時期受天帝命令下凡除害，與妻子嫦娥一起降臨人間。先後射下九個太陽，並射殺猛禽惡獸，從此地上氣候適宜，萬物得以生長，民間因而奉他為「箭神」。史書中的后羿為夏朝時有窮國首領，善射。夏太康沉湎於田獵，不理政事，后羿乃攻占夏都，掌握大權。恃其善射而不修民事，棄賢臣，用小人，後為部下寒浞所殺。

41　疇華：南方水澤名。

42　凶水：北方水名。

43　繳：音ㄓㄨㄛˊ，以絲繩繫箭射物。

44　青丘之澤：東方水澤名。

45　桑林：地名，據載商朝時曾逢大旱，七年不雨，湯王曾擬以身殉而祈雨於桑林，因此桑林被商朝人士認為是一處神聖的地點。

46　姮娥：中國神話人物，是位美豔溫柔的仙女，后羿的妻子，漢人為避文帝諱，改「姮」為「嫦」。相傳因吃不死之藥而飛升月宮，常住於廣寒宮中。

47　逢蒙：古代射箭的能手，是后羿的弟子。也稱為「蜂門」、「蜂蒙」、「逢門」、「逢門子」。

◇

閱
讀
錦
囊

◇

　　神話源自於人類演化初期的故事，是上古先民用來認識世界的方式，他們通過想像對自然現象作出解釋、記述部落起源、反映其內心願望和對抗自然力量的歷程，是古人留給後代豐厚的文化資產，帶給讀者鮮明深刻的印象，富有很強的文學藝術感染力。神話並非憑空捏造，乃建築在生活歷程和生存競爭的現實基礎上。

　　神話的流傳與著述很複雜，是上古時代原始社會人們集體的口頭創作，當時以口耳相傳方式流傳，傳承者對神話內容信以為真，與形成文字敘事的時間有極大差異性。中國神話傳說雖然產生很早，但文字記載卻很晚，不僅數量少，又缺乏系統的專門著述，主要憑藉《山海經》、《楚辭》以及諸子著述片斷地保存下來，有異於西方神話呈現完整的體系。

　　盤古是中國神話中開天闢地、創造世界的始祖，他在形如雞卵的混沌之中孕育而生，後用斧頭劈開混沌，陰陽二氣升降——陽清者上為天，陰濁者下為地，自此混沌初開。盤古用四肢支撐天與地，隨著時間推進，身形日復一日長高，盤古最終因疲憊不堪而倒下，臨死之時其氣與聲以及身體各部分化為世間萬物。「盤古開天」的故事口說流傳至漢代，直到三國時期才出現文字記載，散見於東漢應劭的《風俗通》、東晉郭璞的《山海經》注文、東晉干寶的《搜神記》[48] 中。盤古開創了天地，又把一切都獻給了世界，體現造福社會、無私奉獻的偉大精神。

　　「女媧補天」神話架構在人類追求美好生活的願望，呈現出先民向大自然抗爭的智慧和膽識，面對突如其來的自然災害侵襲，他們展示了不屈不撓的戰鬥意志。「女媧補天」與「共工觸山」原本是兩個獨立的神話，最早記載「女媧補天」的是《淮南子·覽冥訓》，對於為何天塌地陷而發生災難語焉不詳，直到司馬遷《史記·

---

48　《搜神記》：書名，晉干寶撰，20 卷。所記多神怪靈異之事，亦保存了不少民間傳說。今本已非原書，係後人由《法苑珠林》、《太平御覽》、《藝文類聚》等書中綴輯增益而成。

補三皇本紀》寫到水神共工與火神祝融交戰[49]，共工被祝融打敗，一頭撞斷擎天柱之一的不周山，導致天塌地陷，天河之水注入人間引發洪水氾濫，加上大火蔓延，飛禽作孽，走獸橫行，天下因而大亂。女媧不忍生靈受災，煉五色石以補天，斬神鰲之足撐四極，殺死黑龍來拯救冀州，堆積蘆灰堵塞住了洪水，經過女媧的奮力搏天和辛勞整治，天地平復，萬靈始得以安居後世，此後「女媧補天」與「共工觸山」融合成一則救世神話，以成語「女媧補天」形容重建天地的雄偉氣魄和大無畏的奮鬥精神。

「后羿射日」原稱「羿射九日」，神話中堯的時期大地飽受熾熱酷暑之苦，河水乾涸，莊稼枯萎。起因於帝俊與羲和[50]生了十個太陽（金烏[51]），他們平時棲息在東方暘谷中幾千丈高的大扶桑樹上[52]。每到黎明，其中一個太陽會昇空帶來光明，黃昏時回來，隔天再換另一個出去，依此輪流在天空執勤，所以天上總只會出現一個太陽。突然某日十個太陽同時昇空，地面許多生命因此遭殃，存亡已危在旦夕。消息驚動天上之神，帝俊派遣善於射箭的天神后羿下凡人間，協助堯消除百姓的各種艱難困苦[53]。后羿帶著帝俊賜給他的紅色弓，一袋繫著絲繩的白色短箭，和美麗的妻子嫦娥一起來到人間。后羿見十個太陽肆虐逞威，大怒，拉弓瞄準太陽射去，箭

---

49 共工：音ㄍㄨㄥ ㄍㄨㄥ，水神，神話傳說中炎帝的後裔。祝融，火神，後用以指火或火災。相傳共工與祝融爭天子失敗，共工怒觸不周山而導致天柱折、地維絕。

50 帝俊與羲和：帝俊，神話中的天帝。羲和，神話中為帝俊之妻，為太陽駕車。《山海經‧大荒南經》：「羲和者，帝俊之妻，生十日。」

51 金烏：相傳日中有三足烏，世因稱太陽為「金烏」。

52 暘谷，古時認為是日出的地方，也作「湯谷」、「陽谷」。扶桑，《山海經‧海外東經》記載：「湯谷上有扶桑，十日所浴，在黑齒北。居水中，有大木，九日居下枝，一日居上枝。」

53 《山海經‧海內經》記載：「帝俊賜羿彤弓素矰，以扶下國，羿是始去卹下地之百艱。」

無虛發，一連射下九個太陽，命令天上僅存的一個太陽往後每天必須按時日出日落，為民造福。他接著射殺猛禽惡獸，從此地上氣候適宜，萬物得以生長，豐功偉業的后羿被推崇為救世英雄。神話中「十日並出」可能是因旱災而有的想像，神射手后羿射下九個太陽並且剷除怪獸，表達了先民渴望征服自然和戰勝自然災害。

「嫦娥奔月」古書上有多種說法，其中有后羿到人間除害時，帝俊只是讓他教訓自己的太陽兒子，誰知后羿卻射死了九個太陽，帝俊得知後大發雷霆，不准后羿再回天庭。現存最早的直接記錄嫦娥奔月的文本是西漢初期的《淮南子》，根據《淮南子‧外八篇》，后羿愧對受他連累而謫居下凡的妻子，便從西王母處求得長生不死仙藥。后羿的弟子蓬蒙覬覦不死藥，趁后羿率眾徒外出狩獵時，持劍闖入后羿家中威逼嫦娥交出不死藥，嫦娥臨危之際吞下全部不死藥，一瞬間，冉冉昇天奔向月宮。為了重回人間與后羿團聚，她令吳剛伐桂、玉兔搗藥，欲配藥重返人間。百姓聽聞此事紛紛在月下擺設香案，向善良的嫦娥祈求吉祥平安，而嫦娥奔月這天正巧是農曆八月十五日，爾後中秋節祭拜月神的習俗流傳民間。另有說法見於屈原的〈天問〉，說后羿對嫦娥有不忠行為，移情別戀河伯的妻子洛神[54]，引起嫦娥極大的不滿，獨吞不死藥奔月。嫦娥奔月後立即後悔，她想念丈夫平日對自己的疼愛和人世間的溫情，對比月裡的寂寞清寒，倍覺淒涼。神話后羿和嫦娥的故事，有英雄不畏艱難為百姓除害的豪情壯志和濟世救人的慈悲心，有世人對英雄的感恩愛戴，有夫唱婦隨的款款深情，有神仙的恩賜，更有夫妻離別的相思和苦痛。

---

54 洛神：相傳是宓妃，伏羲氏之女，溺死於洛水中，而被奉為洛水之神。

現代人閱讀神話的目的不在探究對與錯，而是從古人試圖解釋宇宙奧秘的精神中學習勇氣和毅力，進而透過古人天馬行空、近乎荒誕的思維模式刺激自己的想像力和創造力，具體可見的是神話故事啟迪了後代文藝創作，許多小說戲曲、繪畫雕刻以神話作為題材，產出許多優秀作品。神話傳說有其深刻內涵，在世為人一切或皆有定數，不論是貢獻於人類心智、社會文明和文學藝術的提升，或是劫難挫折中修煉自我，當把握生命中最珍貴的機緣精進用功。

◈
**練功坊**
◈

1 閱讀《燧人氏》、《伏羲氏》、《神農氏》、《黃帝蚩尤》等神話故事，分析古人心中的英雄形象。

2 華夏文明留下了許多神話傳說，請再找一則分享自己的看法。（例如《倉頡造字》、《大禹治水》、《夸父追日》、《精衛填海》、《牛郎織女》、《雷公電母》等。）

（高碧玉編撰）

# 宙斯誘拐歐羅巴[55]

　　某天夜裡歐羅巴做了一個奇異的夢，夢裡兩個女人為搶奪她發生激烈爭執，一個亞洲人裝束的女子款款訴說她生養了歐羅巴，另一個外國人打扮的女子則緊抓歐羅巴，低語：「跟我走吧，小寶貝！我要帶妳去見神王宙斯，妳命中注定是宙斯的情人。」奇怪的是歐羅巴並沒有反抗。歐羅巴驚醒後夢境歷歷在目，心煩意亂，反覆思索夢境的意涵。

　　起身後，歐羅巴找來年紀相符的少女們聚集在海邊繁花盛開的草坪上嬉戲，歌唱跳舞，同時採集鮮花編製花環，歐羅巴豔冠群芳，宙斯從奧林帕斯山俯瞰這幅迷人的畫面，立刻對歐羅巴的傾國美貌神魂顛倒。他既害怕惹怒忌妒成性的妻子希拉，又怕自己的相貌嚇壞純潔天真的歐羅巴，於是使出詭計把自己變成一頭體碩健壯、高貴華麗的公牛，額頭上有個銀圈圈，牛角小巧玲瓏，比精雕細琢的工藝品還要精美，晶瑩閃亮有如珍貴的鑽石。金黃色的皮毛，額頭正中央閃爍著新月型的銀色印記，一雙湛藍色的雙眼燃燒著慾火，流露出無限情意。公牛高貴優雅地穿越草地朝歐羅巴靠近，發出溫柔的叫聲，顯得十分可愛馴良，歐羅巴溫柔地撫摸著牠，壯著膽子在牛的額頭輕輕一吻。公牛順從地趴在歐羅巴的腳邊，無限愛戀地瞧著她，擺擺頭，示意她爬上自己寬闊的背脊。歐羅巴呼喚著她的女伴們：「快過來呀！咱們騎上這美麗的公牛背上。」歐羅巴邊說邊把花環掛在牛角上，輕盈地騎上牛背，其他姑娘們猶豫著，不敢跟著騎上去。公牛見達到目的，立刻從地上一躍而起，即使緩慢地走著，姑娘們還是趕不上。當牠走過草地來到沙灘時，突然加速像飛馬奔馳。歐羅巴尚未意識到發生了什麼事，公牛載著歐羅巴全速衝向大海，高興地載著到手的獵物乘風破浪游走了。

---

55　腓尼基（Phoenicia）是古代地中海東岸的一個地區，其範圍接近於如今的黎巴嫩，阿革諾（Agenor）國王統治時，女兒歐羅巴（Europa）公主美麗異常。

歐羅巴右手抓牢牛角，左手抱緊牛背，海風吹起她的衣裳，有如張開的白帆。歐羅巴惶恐地回頭向同伴們呼救，可是逆風把聲音吹回來，她們聽不到。翌日，公牛繼續馱負著歐羅巴，在大海裡整整游了一天，夜色降臨，他們終於抵達遙遠的陸地，公牛游上岸，來到一棵大樹下，讓姑娘抓著樹枝輕輕滑下牛背，然後就消失蹤影。歐羅巴面前突然出現一名俏逸如天神的俊男，他對歐羅巴表示自己是克里特島的主人，並向她求歡。歐羅巴孤立無助之餘，無奈地朝他伸出手表示默許，宙斯滿足了自己的慾望。

　　歐羅巴從昏睡中甦醒過來，一輪紅日已高掛天空。她驚慌失措中呼喊著父親的名字，這時，她想到自己身在遙遠的異鄉，遠離了親愛的父兄，失去了少女的貞潔，好似被玩耍過丟棄的玩具，歐羅巴感到悔恨不已、痛不欲生，想死，卻又拿不出勇氣尋死。突然從背後傳來一陣細細的嘲笑聲，她驚訝地回頭，看見艷光照人的女神阿芙柔黛蒂，旁邊小愛神邱比特彎弓搭箭、躍躍欲試。女神揚起嘴角微笑道：「快快息怒吧！美麗的姑娘，我就是託夢給妳的那位女子。放寬心吧！把妳帶走的就是神王宙斯，妳已經成為宙斯的妻子，妳的名字將與世長存，從今以後，收留妳的這塊大陸就依妳命名——歐羅巴。」

油畫〈The Rape of Europa，1732-34〉（劫持歐羅巴），創作者法蘭索瓦·布雪（Francois Boucher，1703-1770）是 18 世紀法國畫家，洛可可風格的代表人物，其畫風展現精緻、細膩、優雅與浮華，本畫作現收藏在英國倫敦華萊士收藏館。
圖片來源：維基共享資源

# 阿波羅的初戀

　　阿波羅的初戀對象是河神的女兒達芙妮[56]，事情的發生並非偶然，而是小愛神邱比特故意惡作劇。達芙妮是個獨立、討厭戀愛和婚姻的少女，曾發誓要像狩獵女神阿特密絲一樣，永保純潔處女之身。不計其數的英俊青年追求她，她一一回絕，不予理睬，只愛在林間打獵逐獸。

　　小愛神邱比特的弓箭神力強大，金箭射入人心會激發情慾而產生愛情，鉛箭射入人心則讓人產生憎惡而拒絕愛情，他經常惡作劇亂射，令人又愛又恨。某次阿波羅言語中得罪了他，邱比特很不服氣就將金箭射向了阿波羅，恰巧，河神的女兒達芙妮正好經過，調皮的小愛神又將鉛箭射向了她。被金箭射中的阿波羅睜開眼，第一眼看到的就是達芙妮，正要打獵的她衣服只蓋到膝蓋，手臂赤裸，長髮披散肩頭，模樣美到令人無法抗拒，立即點燃阿波羅心中的愛情火焰，於是動身追逐達芙妮。

　　達芙妮被邱比特的鉛箭射中後，抬頭望去，見對面的阿波羅癡戀地望著自己，不由得厭惡至極。她想躲避，連忙轉身拔腿狂奔，迅疾如風，阿波羅追趕中百般訴說情意，達芙妮就是不肯放慢腳步。阿波羅的熾熱情話還沒說完，達芙妮更加害怕，跑得更遠。風吹起她的衣裳，髮絲飄盪在腦後，就連她奔跑的姿態也如此令人心醉神迷！阿波羅見自己真心告白不起絲毫作用，使他加緊追趕心愛的姑娘，阿波羅和達芙妮就這麼一前一後地跑著，她決定掙扎到底，不讓他追上來。可是追的比逃的速度快，漸漸地，達芙妮面色蒼白，感到筋疲力盡，眼看就要追上了，她脖子上都能感受到他呼出的熱氣。她實在跑到快雙腿癱軟，忽然眼前林間

---

56　根據神話，達芙妮（Daphne）是河神珀紐斯的女兒，母親為水澤神女克瑞烏薩。

豁然開朗，看見父親的河流，於是她乞求父親：「父親，救救我吧！如果是我的容貌太招人喜愛，那就把我的美麗變形，毀了它吧！」話剛說完，她突然感到全身麻痺，兩腳沉重就像扎進地裡的樹根，渾身長出了樹皮，雙臂變成了樹枝，頭髮變成了綠葉，面孔變成了樹冠，完全失去了原來的人形，她已經變型成一棵月桂樹，唯一沒有改變的，只是她那優美的風姿。

　　阿波羅既驚慌、又難過，用手撫摸樹幹，感覺她隱藏在新生樹皮下的心還在跳動著。阿波羅將樹幹緊緊抱在懷裡，熱烈親吻著並請求達芙妮的原諒，他懺悔說：「美麗的少女，我失去了妳，但你會成為我的樹，我阿波羅與月桂樹將永不分離。」這時，葉子晶亮的月桂樹枝幹左右擺動，像是點頭同意。

油畫〈Apollo and Daphne，1625〉（阿波羅和黛芬妮），創作者尼古拉‧普桑（F Nicolas Poussin，1594-1665），17世紀法國巴洛克時期重要畫家，但屬於古典主義畫派，本畫作現館藏於德國慕尼黑市舊繪畫陳列館。
圖片來源：維基共享資源

# 金蘋果事件

　　據說宙斯從普羅米修斯（Prometheus）[57]口中得知預言，海之女神佘蒂斯（Thetis）的孩子將超越其父親，進而取代他的統治地位。宙斯為了保住自己的王位，命令所愛的佘蒂斯下嫁凡人英雄——密爾米頓人（Myrmidons）首領佩琉斯（Peleu）。佩琉斯和佘蒂斯邀請眾神在他們大喜之日觀禮赴宴，惟獨專愛惹事生非的紛爭女神伊利絲（Eris）未受邀請，伊利絲懷恨在心，伺機報復。在婚禮當天伊利絲從天上拋出一只金蘋果到筵席上，上面寫著：「獻給最美麗的女神」，引起三位女神相爭的局面，天后希拉、智慧女神雅典娜和愛與美女神阿芙柔黛蒂都堅持自己最有資格獲得金蘋果。她們請奧林帕斯山的宙斯評判，宙斯不想得罪任何一方，把這個棘手的評判工作丟給特洛伊（Troja）[58]的二王子帕里斯（Paris）[59]，於是使神荷米斯帶著金蘋果，引領三位女神去找當時還是牧羊人的帕里斯。

　　帕里斯突然看見荷米斯及跟在身後的三位女神，她們步履輕盈地越過草原，荷米斯對極度恐懼的帕里斯說：「別怕，她們來找你是希望你做裁判，由你評出她們當中誰最美麗。宙斯要你接受這個使命，他會幫助和保護你的。」說完，荷米斯展翅飛出山谷消失無蹤。帕里斯鼓足勇氣抬頭望一望眼前三位女神，第一眼

---

57　普羅米修斯，泰坦族神，「普羅米修斯」的意思是「先見之明」。他從宙斯那裡盜取了天火交給人類，宙斯將他鎖在高加索山的懸崖上，每天派鷹去吃他的肝，肝又重生，天天承受被惡鷹啄食肝臟的痛苦。

58　特洛伊是一個富裕的國家，城堡位於貿易要衝的達達尼爾海峽，歷來為兵家必爭之地，其城數度被毀又重建，舊城遺址有七層之多。

59　帕里斯，原名亞歷山大，荷馬史詩中的特洛伊二王子。出生前因皇后夢見火炬，預言說此兒會給國家帶來災禍，故出生後被丟棄山中，被一位牧羊人撫養，取名為帕里斯，日後才恢復王子身分。

> > >

覺得一樣漂亮，再細看各有獨特之美。三位女神皆渴望自己獲得金蘋果，各個開出誘人條件試圖賄賂帕里斯。驕傲的希拉說：「如果你判我最美讓我獲得金蘋果，你將成為最富有的國王，雖然你現在還是一位牧羊人。」眼睛灰亮又蔚藍的雅典娜說：「如果你把金蘋果判給我，你將會是世界上最聰明、最富魅力的男人。」一直衝著帕里斯微笑的阿芙柔黛蒂說：「千萬別被這些空洞的承諾所迷惑，愛情女神的我會帶給你歡樂的禮物——把世界上最美麗的女人送給你作妻子。」阿芙柔黛蒂說這番話時，繫著魅力的腰帶顯得美麗非凡，其他兩位女神相形失色。帕里斯把金蘋果遞給了阿芙柔黛蒂，其他兩位女神懷恨而去，決心要毀掉特洛伊。

作為回報，日後阿芙柔黛蒂把帕里斯帶到斯巴達王宮，其時天底下最美麗的女人海倫（Helen of Troy）[60] 已是斯巴達王國的皇后，帕里斯一見鍾情，阿芙柔黛蒂施行魔咒，讓海倫和帕里斯共墮愛河。期間適逢斯巴達國王孟奈勞斯（Menelaos）離國出訪克里特島，帕里斯趁機將海倫誘拐回特洛伊，孟奈勞斯返國後發現妻子海倫被帕里斯拐去，財寶亦被劫走，怒不可抑，向兄長也就是邁錫尼（Mycenae）國王阿加曼農（Agamemnon）求援，希臘派使者對特洛伊人和平交涉不成，故聯合希臘各城邦組成希臘聯軍向特洛伊宣戰，誓死奪回海倫，爆發為期十年的特洛伊戰爭。

60　希臘神話中天底下最美的女人，是宙斯變身天鵝與斯巴達王后麗達（Leda）交歡所生下的女兒，她名義上的父親是斯巴達國王廷達瑞奧斯（Tyndareus）。海倫的美貌傳遍天下，是許多王子追求的對象，廷達瑞奧斯怕選婿時生出意外，要求所有追求者鄭重宣示：無論誰雀屏中選，大家都必須努力保護海倫夫婦的婚姻。最後孟奈勞斯贏得海倫為妻，廷達瑞奧斯立他為繼任國王。

# 冥王搶親

　　春神泊瑟芬（Persephone）是農業女神狄蜜特（Demeter）和宙斯的獨生女，從小被母親百般呵護。泊瑟芬擁有超凡絕倫的美貌，許多神都對她懷有非份之想，當上冥王後深感寂寞難耐、很想有位妻子的黑帝斯暗戀泊瑟芬許久，他告訴宙斯想迎娶泊瑟芬為冥后，但宙斯知道狄蜜特絕對不會同意讓心肝寶貝嫁到陰森可怖的地下世界，因此黑帝斯決定採取最直接而有效的辦法——搶親。

　　在一個陽光明媚的日子裡，泊瑟芬和女伴們在鮮花盛開的山谷中嬉鬧，突然看到遠處百花叢中有一朵長得特別漂亮的水仙花，於是遠離同伴獨自走過去摘花。當她蹲下身子伸出手準備摘取那朵水仙花時，天色頓時大暗，烏雲密佈遮住了太陽，大地突然從花朵的位置裂開了，黑帝斯駕著由四匹黑馬拉行的黃金戰車從地底竄出，他伸出強壯的手臂一把拽住泊瑟芬，強行將嚇到花容失色的她抱上戰車。採花同伴們聽到泊瑟芬的尖叫，立刻衝過去大聲呼救，但根本來不及救援，黑帝斯擄走泊瑟芬下到冥界，而原本裂開的大地瞬間回復完好如初，陽光逐散烏雲，一切又恢復了原樣，平靜的仿若沒發生過任何事一般。

　　泊瑟芬的呼救聲在高山和深海迴盪著，狄蜜特像鳥兒般翻山過海瘋狂尋覓女兒，流浪多天不吃不喝，儘管找遍天涯海角女兒彷彿人間蒸發，太陽神看到了一切並告訴她真相——泊瑟芬正在冥界與亡魂為伍。知情後，更加傷心絕望的狄蜜特離開奧林帕斯山，農業女神根本無心職責，自我放逐人間，那年是全人類最悲慘難熬的一年，農作物歉收，糧食短缺，人類生存陷入危機。宙斯只好出面調解，先後派出多位神明勸慰狄蜜特，可是狄蜜特堅持在沒見到女兒之前決不讓大地結出果實。宙斯了解唯有讓黑帝斯讓步才能平息狄蜜特心中的怒火，遂派遣荷米斯到冥界，傳令冥王放冥后返回人間和母親相聚。黑帝斯雖不捨泊瑟芬離開，但不敢忤逆宙斯的命令，

> > >

只好耍計讓泊瑟芬吃下石榴種子，確保她必得重回冥界。

黑帝斯備好金色戰車，荷米斯拿起韁繩趕著黑馬直驅狄蜜特所在的神殿，她飛奔出來迎接女兒，伸長雙臂，泊瑟芬投入母親的懷抱，母女緊緊相擁。她們互訴彼此的遭遇，狄蜜特聽說女兒吃了石榴種子，傷心唯恐留不住女兒。冥王在泊瑟芬妮離開冥府前讓她吃下的石榴種子成為關鍵，凡是吃下冥界食物者，每年需有一段時間留在冥界，否則會喪命，因此在一年中，泊瑟芬必須返回黑暗冥界四個月陪伴冥王黑帝斯，其他時間則回到人間，以春神身分陪伴母親農業女神狄蜜特。農業女神為自己造成人間的荒涼景象感到歉疚，她再度幫助人類讓田地結滿果實，全世界長滿鮮花和綠葉。

## 附錄：奧林帕斯山十二位主神簡介 [61]

1. **天帝——宙斯**：Zeus，羅馬名為朱彼特（Jupiter），八大行星中的木星。希臘神話中的十二主神（The Gods of Olympus）以宙斯為中心，居住在奧林帕斯山上。傳說宙斯取代其父親克羅諾斯（Kronos）成為第三代天帝，是掌管宇宙的最高統治者，和他的兩個兄弟抽籤分配宇宙，海洋歸波賽頓（Poseidon），陰間歸黑帝斯（Hades）。宙斯是雲雨神，有權力使用可怕的雷電，權威比別的神明加起來還要大。荷馬史詩寫到：「我最強大，你們試試就知道了，每一位男神和女神，將一條繩子綁在天庭上，用力拉拉看，你們不可能

---

61 根據赫米爾敦所著的《Mythology》。愛笛絲·赫米爾敦（Edith Hamilton，1867-1963），美國女作家並從事教育工作，被譽為「the greatest woman Classicist」。1942 年出版的《Mythology》彙整了諸多史詩作品，整理出六百多位在希臘神話故事中最具代表性的神明、英雄和其他人物，以神祇篇、英雄篇、家族傳奇等主題分類，運用清晰的散文筆法，呈現最接近原作的故事版本，忠實表達了神話精神，被公認為神話故事的最佳入門書。

把我拉下去。可是我若想拉你們下去，我辦得到的，我把繩子綁在奧林帕斯山的一個尖塔上，萬物都會懸在空中，連地面和海洋也不例外。」宙斯長期以來以高尚與低俗的兩種形象並存，他代表正義，對人類的統治公正不偏，從不幫助撒謊和違背誓言的人。但他風流倜儻，到處留情，與許多女神和人間女子生下多位後代，在希臘神話中有關他的故事多數都是描寫風流韻事。

2. **天后——希拉**：Hera，羅馬名為朱諾（Juno），是宙斯的妻子，也是宙斯的姊妹，與宙斯同享地位與尊榮。是掌管婚姻和生育的女神，是已婚婦女的求助對象，她代表女性的美德和尊嚴。然而希拉生性多疑善妒，毫不留情地懲罰任何情敵及其與宙斯生下的私生子女，即使她們是被迫、被騙失身。例如，宙斯為了瞞過希拉而把情人伊俄（Io）變成母牛，希拉識破後對伊俄加以拘禁迫害並且命令百眼怪獸負責看守伊俄。又如凱莉絲托（Kallisto）失身於宙斯後產子，希拉怒火中燒將凱莉絲托變成母熊迫使母子分離，日後兒子阿卡斯（Arcas）長大成為獵人，凱莉絲托遠遠就認出兒子，忘記自己是母熊的模樣朝少年跑去，不知情的兒子見一隻大熊朝著自己奔來差點拉弓射殺凱莉絲托，宙斯情急下把凱莉絲托和阿卡斯送到天上，使母子成為大熊星座與小熊星座。

3. **海神——波塞頓**：Poseidon，羅馬名為涅普頓（Neptune），八大行星中的海王星，宙斯的兄弟，在討伐克羅諾斯時，獨眼巨人送給宙斯雷霆、波塞頓三叉戟、黑帝斯隱形頭盔。海底有他燦爛奪目的金色宮殿，但常常出現在奧林帕斯山，海后是泰坦神大洋氏的孫女安菲屈蒂（Amphitrite）。波塞頓負責掌管海洋及湖泊，在水上擁有無上的權威，是大地的動搖者。手持三叉戟是波塞頓的標誌，揮動三叉戟能輕易引起風暴和海嘯使

＞ ＞ ＞

陸地沉沒、天地崩裂。反之，他乘坐金色戰車在大海上奔馳時，如雷波浪立刻靜止，平穩的車輪後面波平如鏡。

4. **冥王──黑帝斯**：Hades，羅馬名為普魯托（Pluto），太陽系原有九大行星中的冥王星，宙斯的兄弟，統治冥界（The Lord of the Underworld），手執雙叉戟，審判死人給予懲罰，三頭地獄犬塞伯拉斯（Cerberus）是他的神獸，負責看守冥界。黑帝斯很少離開冥界，是可怕但不邪惡的神，把冥界的事務處理得井井有條，行事冷酷、理智，紀律嚴明，喜歡黑暗，但公正無私。他同時是財富之神，掌管地下埋藏的黃金寶石。春神泊瑟芬（Persephone）是黑帝斯親手從地上擄回來的妻子，受封為冥后。

5. **灶神──海絲提雅**：Hestia，羅馬名為維斯塔（Vesta），爐灶與家庭女神、聖火女神，沒有結婚，貞潔無瑕，與智慧女神雅典娜和月神阿特密斯並稱為奧林帕斯三大處女神。相傳海神波塞頓和太陽神阿波羅因追求她而起爭端，海絲提雅為了維護和平拒絕兩位大神求愛，並且以宙斯的頭髮立誓永不結婚，把全部精力投入到為民服務。古希臘每個家庭都有自己的爐灶，每個城鎮都有自己的祭壇，爐灶中的火焰由祖先點燃，後代子孫有義務讓火焰持續燃燒，因為火焰的熄滅就意味著人類的滅絕。而祭壇上的火象徵著城鎮的生命，每當一個城鎮的人在新地方建立新城鎮，聖火也就伴隨著這些勇敢的移民在新地方燃燒。有一說海絲提雅為保和平安寧，自願退出十二神的行列，同時把王位讓給酒神戴歐尼修斯（Dionysus）。

6. **智慧女神──雅典娜**：Athene，羅馬名為敏奈娃（Minerva），智慧、戰爭和手工藝的女神。話說某日宙斯頭痛欲裂，忍無可忍下召來火神赫淮斯托斯劈開頭顱，從宙斯的腦袋蹦出挺

舉金矛、全副武裝的雅典娜。傳說雅典娜和波賽頓爭奪雅典城的守護權，能為雅典人提供最有用東西的神將成為守護神，波賽頓用三叉戟敲打地面變出了一匹馬，雅典娜則變出了一棵橄欖樹，結果雅典娜擊敗波賽頓獲得勝利。雅典娜傳授希臘人紡紗、織布、造船、冶金和煉鐵等各種技能，還發明犁耙，馴服牛羊。

7. **太陽神——阿波羅**：Apollo，其希臘名與羅馬名相同，是希臘神話中的光明之神、文藝之神以及羅馬神話中的太陽神。他是宙斯和黑暗女神勒托（Leto）的兒子，阿特密斯的孿生兄弟，生在狄洛斯小島，被稱為「最具有希臘氣質的神明」。阿波羅的典型形象是右手拿七弦琴，左手拿象徵太陽的金球。他是音樂家、詩人和射手的保護神。他是光明之神，從不說謊，光明磊落，在他身上找不到黑暗，也稱真理之神。他聰明而通曉世事，也是預言之神。他把醫術傳給人類，也是醫藥之神。他精通箭術，百發百中，從不失手。他同時掌管音樂、醫藥、藝術、預言，是希臘神話中最多才多藝、最俊美的神明，也象徵男性之美。完美男神情路坎坷，阿波羅的初戀愛上美少女達芙妮（Daphne）無法自拔，瘋狂追求下使得美少女變成一棵樹。

8. **月神——阿特密斯**：Artemis，羅馬名為黛安娜（Diana），她是太陽神阿波羅的孿生姊妹，被尊為月亮女神。她除了是月神外，還是狩獵女神，善射箭，經常在山林中追逐野獸，是野生動物的保護者。後來的詩人把阿特密斯跟海卡蒂合而為一，她是「三體女神」：在天界是嫻靜的月亮女神西崙（代表光明與神聖的滿月），在地面是身手不凡的狩獵女神阿特密斯（代表亦正亦邪、一半光明一半黑暗的半月），在陰間

> > >

是冷酷嚴峻的海卡蒂（代表死亡與破壞的新月）。愛恨分明，在她身上表現出美善和邪惡的不確定性格。阿特密斯曾暗戀牧羊人安迪梅恩（Endymion），由於凡人終將面對衰老死亡，阿特密斯讓安迪梅恩永遠沉睡而得以青春永駐。而獵人艾克頓（Actaeon）在林中意外撞見赤身裸體正在河裡沐浴的阿特密斯，艾克頓偷窺被發現，阿特密斯憤而將艾克頓變成一頭鹿，被女神指使狗群撕咬而死。

9. **火神──赫淮斯托斯**：Hephaestus，羅馬名為兀兒肯（Vulcan），是希臘神話中的火神，擅長打造器物，亦是諸神的鐵匠，具有高度的技巧，製造了許多著名的武器、工具和藝術品。阿波羅駕駛的日車、邱比特的金箭、鉛箭都是他鑄製的。赫淮斯托斯是宙斯和希拉的兒子，或說是希拉靠自己的意志力獨自將其生下，但由於赫淮斯托斯長得難看，於是希拉將他丟到奧林帕斯山下，赫淮斯托斯像自由落體般在空中翻騰了一天，落到萊姆諾斯島上，從此他成了跛腳。生下來後便被宙斯與希拉遺棄的可憐兒子，相貌醜陋且瘸腿卻娶得美麗的愛神阿芙柔黛蒂。

10. **戰神──阿利斯**：Ares，羅馬名為瑪斯（Mars），八大行星中的火星，是宙斯與希拉的兒子。希臘神話中他司職戰爭，形象英俊，性格勇猛頑強，十分喜歡打仗，一聽到戰鼓便手舞足蹈，一聞到血腥味就心醉神迷，是力量與權力的象徵，好鬥與屠殺的戰神，是人類禍災的化身。但是在羅馬神話中瑪斯是銳不可當的英雄，勇士們歡欣鼓舞加入瑪斯戰場，他們「奔赴光榮的死亡」，覺得「戰死沙場很甜蜜」。

11. **愛神──阿芙柔黛蒂**：Aphrodite，羅馬名為維納斯（Venus），八大行星中的金星，是希臘神話中愛與美之女神。她從海中

泡沫誕生,「阿芙柔」在希臘文是「泡沫」的意思,阿芙柔黛蒂象徵愛情與女性的美麗,她有古希臘最完美的身段和樣貌,一直被認為是女性體格美的最高象徵。阿芙柔黛蒂魅力無邊,迷倒眾多男神,然而她甜蜜地嘲笑所有被她戲弄的對象,連宙斯也沒放在眼裡。宙斯為了懲罰傲慢的阿芙柔黛蒂,下令要她嫁給最醜的火神。阿芙柔黛蒂卻愛上戰神阿利斯,並和阿利斯結合生下幾個兒女,其中包括小愛神厄洛斯(Eros)——羅馬名字邱比特(Cupid)。阿芙柔黛蒂還擁有一條金色愛情腰帶,其中藏著她誘惑他人的秘密,只要繫上腰帶就能增加自身的魅力,勾起他人的注意力和情慾。

12. **使神——荷米斯**:Hermes,羅馬名為墨丘利(Mercury),八大行星中的水星,父親是宙斯,母親是擎天之神亞特拉斯的女兒美雅(Maia),荷米斯在奧林帕斯山擔任宙斯以及諸神的使者和傳譯。他的動作敏捷優美,腳穿帶翼的涼鞋,頭上的低冠帽裝有翅膀,魔杖有雙蛇盤繞,想飛多快就飛多快,眾神就屬他最精明狡猾。同時他是神偷,是小偷們所崇拜的神,出生一天就偷竊阿波羅的神牛,後來荷米斯除了還回神牛,還把自己發明的里拉琴送給阿波羅作為補償。荷米斯也是死人的嚮導,帶亡魂下陰間安息的傳令神。荷米斯還司畜牧、商業、交通旅遊的神,是各種競技比賽及拳擊的發明人,也因此成為運動員的保護神。

> > >

希臘神話展示了遠古時代人類的宗教和政治制度、文明以及他們的思想和感覺，透過詩人的生花妙筆，引領我們進入遙遠而充滿夢幻的美感世界。後人熟知的希臘神話或傳說大多源自於古希臘文學，其中以《荷馬史詩》保存最早、最豐富。希臘神話故事最初是許多民間吟遊詩人的集體口頭創作，以口傳文學的方式流傳，至西元前 8 世紀末經荷馬旁徵博采口頭流傳的零碎篇章，創造出完整的長篇敘事詩《荷馬史詩》，用語精巧成熟，直到西元前 6 世紀才正式以文字傳之後世。之後很多詩人和藝術家都從《荷馬史詩》中獲得靈感，創作出無數珍貴的文學和藝術作品。

　　相較於其他各國的神話，希臘神話把充滿恐懼的原始世界化為美感世界，獨樹一幟地寫下了充滿羅曼蒂克的美麗篇章。神話故事解釋了自然現象、文化變更以及人類的情感思想，而希臘的一切藝術和思想都以人為中心，以人的形象塑造神明，神明個個俊男美女，有著人類的七情六慾和性格上的缺陷。擁有神力的神明雖然可畏，但他們跟人一樣會犯錯、出糗，只要人類小心一點，就可以和神明和諧相處，甚至可以嘲笑神明的愚蠢。有人性的神明讓天堂成為親切怡人的地方，甚至人和神還可以發生浪漫的愛情故事，很難想像面對埃及的人面獅身像或是亞述的鳥獸像，人類可以開懷大笑，更遑論人神相戀而生下後代。羅馬人深受希臘文化的影響，把希臘眾神當作羅馬神話故事的主角，不同點在於同一個神明羅馬人以拉丁文命名、希臘人以希臘文命名，例如希臘神話中的愛與美女神叫做「阿芙柔黛蒂」、羅馬神話叫做「維納斯」。本單元編譯的希臘神話故事是以史瓦布（Schwab）[62] 和赫米爾敦（Hamilton）兩位作家的版本為依據，並參考其他流傳較廣的譯本。希望藉由本單元帶領讀者穿越時空，滑進千年不朽之希臘神話的奇麗世界，提升跨文化的體認層次，以豐富美感之領受力。

---

62　古斯塔夫・史瓦布（Gustav Schwab，1792-1850），是德國著名的浪漫主義代表性詩人與作家，致力於創作詩歌、民謠以及編纂德國民間故事。史瓦布以浪漫優美的文字撰寫情節清晰完整的《希臘神話故事》，結合文字和圖像，包括 180 幅世界名畫和 330 件世界博物館的珍藏。此書曾列為 100 大世界名著，自 19 世紀起被譯成各國語言，暢銷至今。

希臘神話裡，神和神可以戀愛結婚生子，神和人也一樣，人神戀有圓滿結局，也有悲劇收場。神王宙斯生性風流，娶得希拉為天后之後依舊到處拈花惹草，不惜變化成各種形狀或身分追求他看上的神界與人間之美女，其中一段戀曲──宙斯誘拐歐羅巴──是他變身為公牛誘拐腓尼基公主歐羅巴生下後代，歐洲大陸的名字就來自於歐羅巴公主。這篇神話裡的美少女歐羅巴前一晚作夢，夢境裡穿著異國風情的女子告訴她命中注定是宙斯的情人，醒後心煩意亂似乎暗示著青春期的她情慾正在覺醒。宙斯化身健美的公牛溫順地親近歐羅巴，異性魅力的誘惑讓天真無邪的她難以抗拒，欣喜地跳上牛背，被誘拐後她騎在牛背上情緒跌宕起伏，體驗了激動和興奮、不安和恐慌、既解放又迷茫，充滿對未知的好奇與嚮往。而歐羅巴失身於宙斯後，產生悔恨、自我厭惡，以及無顏面對父親的羞恥感，少女想以死明志、以死謝罪，表現出青春女性偷嚐禁果後產生極大的精神痛苦和內心壓力。

另一篇人神戀神話──阿波羅的初戀──阿波羅象徵著真理、光明、藝術、治癒，是男性美的典範。然而在故事中，阿波羅的初戀慘遭小愛神捉弄，邱比特一支金箭射中阿波羅讓他陷入狂愛無法自拔，一支鉛箭射中達芙妮讓她憎惡阿波羅的瘋狂追求，寧願變成一棵樹，也不願接受完美男神。阿波羅的追求讓心愛的少女變成一棵樹，故事淒婉動人，解釋了月桂樹的由來。

希臘神話中發生在西元前 12 世紀左右的特洛伊戰爭（Trojan War），末了希臘聯軍以「木馬屠城計」[63] 終結這場十年戰役，焚滅特洛伊並奪回世上第一美女──海倫。埋下兩方戰爭導火線

---

63 由於特洛伊城固若金湯久攻不下，希臘聯軍統領阿加曼農（Agamemnon）在麾下的將領奧德修斯（Odysseus）建議之下，希臘人製作了一隻木馬作為禮物送給特洛伊。特洛伊人歡喜打開城門接受這隻龐大的禮物，特洛伊人民認為希臘聯軍此舉對其而言不啻為一重大的勝利。到了晚上，特洛伊全城大肆狂歡，慶祝在這場戰爭中位居上風的優勢。在得意忘形之下，特洛伊人忘記應有的警戒，狂歡之後，特洛伊城一切歸於寂靜。就在眾人沉醉在歡樂的夢鄉之際，藏於木馬中的希臘士兵靜悄悄地從木馬中出來，裡應外合一舉而下攻陷了特洛伊城，整個特洛伊城淪入希臘聯軍劫殺擄掠之下。

的竟是三位女神之間的糾紛——金蘋果事件（Golden Apple of Discord），又稱帕里斯的評判（Judgement of Paris）。西元前8世紀希臘吟遊盲詩人荷馬口說流傳後世的兩大史詩——《伊利亞特》（The Iliad）和《奧德賽》（The Odyssey）——即以特洛伊戰爭為題材，《伊利亞特》敘述特洛伊戰爭最後三個月的決戰期，而《奧德賽》描寫伊薩卡國王奧德修斯及其士兵迷失在大海中尋求歸鄉的歷程。特洛伊戰爭相關故事成為歷來文學藝術的創作題材，「金蘋果事件」是特洛伊戰爭關鍵性的遠因，尤其是帕里斯評判的情節極受文藝復興時期藝術家的喜愛，曾以此主題創作多幅名作。

有人將「冥王搶親」的故事根源追溯到古希臘人的結婚儀式，因為當時的人覺得結婚是新郎將新娘從她娘家搶走了。然而後世人大都認為冥王搶親的故事解釋了季節的由來：當泊瑟芬返回冥界，農業女神狄蜜特就會陷入悲愁思念，人間大地一片寒冷秋冬，農作物因而枯萎凋零；當春天一到，泊瑟芬重返人間母女團聚，狄蜜特喜不自勝的心境帶來大地一片綠意盎然、百花鳴放，農作物再次恢復生機。

**練功坊**

◇

◇

1 荷馬筆下的神明具有人類的形體，男神帥、女神美，他們七情六慾與人類相通，換言之，神是擁有神力且永生不老的凡人。如果世界像希臘神話般眾神與萬物溝通往來，想像人神共處的日常生活情境。

2 認識奧林帕斯山12位主神的特質，並從中選擇一位做自己的守護神。

（高碧玉編譯）

PART

V

/

環 境 素 養

# 導論
‧ ‧

　　深受自然薰陶，並對自然關愛，瞭解整體環境組成間的相互依賴及責任所需的知識及情懷稱之為「環境素養」。聯合國將 1990 年訂為環境素養年，定義環境素養為：「全人類環境素養為全人類基本的功能性教育，它提供基礎知識、技能和動機，以配合環境的需要，並有助於永續發展。」近來，由於工業文明的高度發展，加速對生態環境的破壞，又如氣候變遷的全球性環境議題浮現，暖化造成冰層融化，海平面升高，氣候型態改變，生態環境的問題已成為所有人類所需面對的議題。

　　人與自然環境的關係顯現為人對自然環境的依賴和改變，人既依賴自然而生存，又是改變自然的力量；人能改造自然又受自然的制約，人與自然環境的關係是相互依存的，其中又常表現出相互衝突、適應與和諧。人與自然環境關係的內涵也隨著人類社會與技術的發展而產生變化。

　　在環境素養這一單元，我們選錄三篇相對應的篇章，探討人與自然環境的關係，希冀透過這些文章的閱讀，激起同學對大自然的熱愛，對永續環境的省思，並從生活中實踐生態和環境的保護。

　　〈討山緣起〉的作者阿寶，是一位想與山林和平共存的理想實踐者，她看到人類的生存與自然存在著諸多衝突，但也相信這些衝突都還有相當大的緩和空間，於是親力親為，上梨山租了一塊地，用善待土地的方法耕作，不用除草劑、農藥和肥料，若有自然淘汰的果樹，她便補上原生種苗木，這樣漸次汰換，只保留足以維持生計的果樹數量，讓果園慢慢變回山林，真正地把與山林和平共存的理想付諸了實踐。

　　〈穀東俱樂部，找到心與土地最近的距離〉，講述賴青松成立「穀東俱樂部」的緣由，而這種新型的農耕制度，使傳統的農夫角色轉變為城市人僱傭的田間管理員，領取固定工資，不僅保證了銷售渠道，還將「看天吃飯」

的風險與客戶共擔,其價值就在於傳達一種重視環境的生活理念和態度。

〈我在池上〉由作者蔣勳自述在池上的愜意生活,感受到了人與土地的連結親密,然而一支廣告的走紅,為池上帶來了知名度,卻也帶來了破壞,進而提出尊重這裡的自然秩序與土地倫理的省思。

## ⑤-1 討山緣起[1]

阿寶[2]

　　臺灣高海拔山區的土地開發，始於民生困頓的民國四十年代。為了豐饒物產、富裕民生，也為了安頓隨國民政府播遷而來的退除役官兵，中央一面大刀闊斧鑿山開路，一面延集專家勘議土地的開發政策。於是，路跡所至，資源盡出，斧鋸伐林在先，鋤犁墾耕在後；沿著北、中、南三大橫貫公路，高逾海拔兩千五百米，中高海拔山區的墾拓浩浩蕩蕩展開。

　　這片山區大多是國有林地。先是由退輔會成立農場，正式做農業開發之用，繼有將果樹列為造林樹種的「租地造林辦法」，由林務局將伐林過後的山坡地招募退除役官兵開墾，再租與造林，使林地農用合法化。而有了交通的便利、溫帶水果和高冷蔬菜的利誘，也使原住民保留地一路跟進。

　　曾經，這些山區的溫帶蔬果為這個亞熱帶島嶼增添了不少珍罕的物產；曾經，這片處女墾植地安置了數千飄洋離鄉的榮民榮眷，也富裕了蔽處深山的原住民。但開發伊始的銳意急進，忽略了對環境問題的高瞻遠矚[3]，開發的土地連峰披嶺地泛漫開來，沒有釐定水域的保護範圍，以緩衝農藥肥料對水源的污染（例如大

---

1　本文節選自《女農討山誌：一個女子與土地的深情記事》，阿寶著，張老師文化出版，2004/02/25。

2　阿寶：本名李寶蓮，人稱阿寶老師，1965 年生於宜蘭，東吳大學中文系畢業。阿寶曾經為學攝影而謀職於照相館，每天沖映照片、接觸化學藥劑而對此愛好心生動搖，漸漸無師自通拿起畫筆取代相機。大學時代首次攀登高山，對原始山林的迷戀一發不可收拾，後擔任太魯閣國家公園解說員。1994 年起自由旅行、寫生，花了一年半時間，以騎單車、徒步、趕驢等方式遊走西藏、尼泊爾、印度等地，也曾在北歐斯堪地那維亞半島單車環遊寫生七個月。結束雲遊後蟄居花蓮竹村，不定期在梨山打工。2000 年，將對山林土地的關懷付諸實行，正式成為梨山女農，並寫下《女農討山誌：一個女子與土地的深情記事》一書。

3　高瞻遠矚：形容見識遠大。

> > >

小溪澗兩側若干公尺以內禁止墾伐），也沒有限制開發的坡度，防範土石沖刷於未然，更沒有適當的廢棄物處理規劃。政府引民耕墾在先，而收拾一路迸發的問題在後。

隨著民國六十三年德基水庫[4]建立，緊接著民生富足之後，環境意識也普遍抬頭，水土保持、環境污染、自然景觀破壞，以及生態保育問題逐漸引發關切。民間保育人士奔走疾呼，喚起社會大眾關心青山綠水即將變色的隱憂；政府當局開始勘測耕墾地的坡度，以仍無水土保持之虞的緩坡地為「宜農地」，坡度過陡的為「超限利用地」或「宜林地」。

一次又一次的回收造林政策[5]，掀起一波又一波的農民抗爭。不甘謀生立足的土地就此失卻，不願血汗掙來的生計就此斷絕，官方數度明令執行，民眾多次集結抗議，始終依法回收的土地有限，而強制執行的成效無期。

一度，我是個負重登高、穿林撫雲的愛山人，山林樹石曾為我推開生活的新窗，水雲曠野大幅鋪展我生命的視野，愈是感念這一切，就愈是對這一切的衰變痛心惋惜，深切希望政府的回收造林政策早日落實。偏偏我也曾在這些山區揮汗工作，舐嘗生活的艱辛，對這群胼手胝足[6]的人們不忍苛責，更難只做一個打零工的過

---

4　德基水庫：原稱為達見水庫，位於臺中市和平區大甲溪上游，即台8線中橫公路62公里處，是臺灣海拔最高的水庫，具有給水、灌溉、防洪、觀光等多種功能。日治時期，臺灣總督府原已選定大甲溪流域的達見為建造水庫的地點，但因戰事而停頓，至太平洋戰爭結束，日本退出臺灣為止，皆未能興建完成。戰後台灣電力公司於1969年12月8日正式開工興建，1974年9月全部完工，由當時的總統蔣中正命名為「德基水庫」。（語出《左傳》鄭國大臣子產之名言：「德，國家之基也。」）

5　回收造林政策：將種植檳榔、蔬菜等超限利用的山坡地，由土地管理機關收回後實施造林。

6　胼手胝足：手掌腳底因勞動過度，皮膚久受摩擦而產生厚繭，形容極為辛勞。胼，音ㄆㄧㄢˊ；胝，音ㄓ。

客，對這裡的問題不想太多。漸漸地，對是不是可以繼續安於實質上過物質文明生活而精神上嚮往自然的狀態，愈來愈不確定。

那些獨自在深山曠野中愉悅澄淨的日子，和無數次出入山野民族，體驗貧乏艱困的生活實相的經驗，激盪出一些潛藏的矛盾——我儘可以深入荒野享受至高無上的自然宴饗，體驗極致的性靈昇華，但背後支持我的，總是一個龐大複雜的文明社會，那個社會挾著無與倫比的勢力衝擊著自然，迸濺出許多過剩的殘屑，我靠著這些殘屑，輕而易舉在大自然面前做出無求的姿態。

我知道，這點心虛多年來一直都存在——我不能否認人與自然間存在著極大的衝突，但我總喜歡以無辜的面貌來到自然的懷抱，想與祂和諧交心。終於有一天，那點被刻意忽略的心虛大聲說話，連自己都被嚇一跳！它說，我也不是那麼無求、無辜，那麼能與自然和諧，只不過一向都把索求和衝突交給別人面對罷了……這聲音如此清晰，我像個被當眾揭發的偽善者，驚慌失措，卻無法迴避，從此不能再懷著這種心虛過日。於是，在人與自然的關係裡找出自己的定位，成為我年過三十之後最迫切需要解答的命題。

人與自然間的關係，到底傾向衝突或和諧？向來見仁見智。保育輿論偏愛詠嘆和諧、指斥衝突；而一向站在衝突最前線的開發者卻認為，人與自然的和諧是優渥有餘的都市文明人奢侈的夢，為了這種奢侈，眾口喧喧要他們放棄賴以維持的生計或辛苦掙得的利益。

我在羊群中長大，慣聽狼族的種種邪惡，始終不敢離開牧犬的衛護，面對這樣的看不清是不是真的？多希望它不是，想證明它不是！最後我打破羊群的禁忌，踏上這片備受爭議的土地，希望得到一些新的啟示。

> > >

我既關切高海拔山區的開發問題，又沒有能力分析大局、譏評時事，或鼓動人心造成勢力，只有用自己的方式試圖深入自己關懷的議題——既然覺得別人利用土地的方式不夠好，自己來做管理者是不是能創出一點新意？緩和一些人與自然的衝突？期望別人拋捨利益，如此困難，自己是不是願意拋捨看看？我可不可以先放棄成見來做他們的一份子，過他們所過的日子，做他們所做的工作，經歷他們所經歷的心情？

　　我租下一片果園，開始試驗自己的想法。這塊七分多的山坡地屬於原住民保留地，三十多年來一直放租給平地人經營，其中緩坡陡坡兼具，又臨著一條小山溝，正符合我的構想。因為沒有足夠的金錢將它買下，我必須用果樹的生產來奠定經濟基礎，一步步朝理想邁進。

　　我首先將鄰界山溝的部分放棄耕作，再將陡坡的部分逐年植樹造林，或任其復原，繼續經營的緩坡也改變原有的耕作方式：停止殺草劑的使用、植草護坡減少表土沖刷；儘量使用有機質肥料，避免大量的化學肥料在暴雨期間溶入水源。至於果樹的栽培管理：如何剪枝、如何施肥、如何判斷果樹營養狀況、如何打藥、開搬運車……一一從頭學起。

　　果園交接時有梨樹兩百五十三棵，桃樹十棵、蘋果樹三棵，以及柿苗若干。林務局的造林方式是先將原有果樹砍除盡淨，我則保留果樹，在空缺處或樹下植苗。由於苗木成活長大需要數年時間，這期間可以持續照顧果樹，收穫果實，待樹苗漸長就逐步縮減果樹，最後放棄經營和採收。水果的收益用以支付地租，購買設備、農藥、肥料及必要時僱工的工資，結餘的部分則積攢下來，希望最後能將土地買下，或租下更多果園納入合理化經營。

　　民國八十八年，加入世界貿易組織（WTO）的運作如火如荼[7]，我大膽假設十年之內國際貿易的開放將大幅衝擊臺灣農業，屆時梨山地區的土地勢必面臨一場動盪，不論買賣或承租都將輕而易舉，我若能提前幾年在此奠下基礎，到時政府回收造林的政策順利落實最好，否則要以個人的力量將大片山地還給森林似乎也不是不可能。我即思即行，沒有太多掙扎。通常對別人而言，需要冗長爭議的事，對我而言，只想做了再說。至於莽撞行事之後的功過，由於只是一己的嘗試，影響不致太大，不須太過在意。況且這片土地的開發已是既成的現狀，而政府無力收復失土也是眼前的事實，我的介入想不至於將問題弄得更糟。

　　一向覺得，一生中要有一段日子，流汗低頭向土地索食，生命的過程才算完整。只是一直捨不下紅塵中諸多誘人的事物，捨不下自謂的才華，捨不得不去經歷多采多姿的世界。也許是年歲漸長，也許是那些盡情行腳、放懷天地的歲月，撫蕩我目迷五色[8]的欲求，雲遊的經歷內化沉潛，焠煉出沉靜自省的能力，我開始看清以往看不清楚的矛盾，聽出內心紛雜交錯中最重要的聲音，我甘心流汗低頭的時刻到了。這時恰也結合了我對高海拔山區土地開發的關懷，再不放手一搏更待何時？

　　我何嘗不知道一己力量的薄弱，所能改變的現狀有限；然而，這不是使命，是藉著理念的實踐，平衡內在精神的動盪。既然選擇一條政治以外的路，要的就不是革命，而是安頓自己因焦慮無力而憤懣不平的心。山河大地自有它深奧的法則和不可思議的力量，來

---

7　如火如荼：原是比喻軍容壯盛浩大，後亦形容氣勢或氣氛的蓬勃、熱烈。荼，音ㄊㄨˊ。

8　目迷五色：色彩紛呈，使人看不清楚。語出《老子·第十二章》：「五色令人目盲，五音令人耳聾。」

> > >

平復或反擊人們加諸它身上的創傷。大自然何嘗需要人去成就它什麼？只怕是人需要一種信念而已——我就為了自己而來。

幾年來的腳踏實地，這段日子已是我生命中最豐實的一頁，而他日懷著不同信念的人來到這塊土地上，這塊土地想必也將毫無偏私地去成就他（她）的信念，回報他（她）的力，那不也很好？

耕耘、耕耘！三年多的埋頭躬耕，不自覺也將一片心土愈耕愈深。有一天驚喜地發現，那裡也有了果實，想或許也值得將之收穫，與人分享，我開始提筆寫下一路過來的點點滴滴……

圖片來源：張老師文化

生命活著，就一定會改變環境，而人類可能是有史以來破壞力量最強大的生物，但也可能是唯一懂得從環境中學習、反省與自律的物種！當人的行為模式超出環境的承載力，也許正如瑞秋·卡森（Rachel Carson）在《寂靜的春天》（Silent Spring）這本書中引用的史懷哲（Albert Schweitzer）名言所說：「人幾乎辨認不出自己所造的魔鬼。」人類製造發明的強效物質毒染了空氣、土壤、河川及海洋，這些汙染大多是無法復原的。如果不阻止農藥的濫用，也許有那麼一天，春天就再也聽不到鳥鳴，那將是一個永遠寂靜的春天。

因此，學習尊重環境，並且將對環境的尊重從知識層面的理解和法令規章的約束，轉化為行為的自律力量，才是我們真正的挑戰。

本單元所選錄的〈討山緣起〉一文，敘述了很特別的一位臺灣女子阿寶，為了追逐一個自己都沒有把握的夢，向天借膽，向人借錢，在山上自力造屋，過著沒有電的生活，白天辛勤農作，夜晚點油燈照明，閱讀農業專書，想在實做中學習這個領域的專業，用善待土地的方法耕作；之後種植水果，實踐著想要與山林和平共存的理想，然後寫下了實現自己理念的《女農討山誌：一個女子與土地的深情記事》一書，描述了女農討山的緣起與歷程，本書適合推薦給想要讓自己有實踐力的同學，也適合給熱愛大自然、熱愛環境保護的同學，更適合給每個生活在現代叢林的我們閱讀。

文中，阿寶首先追溯了臺灣高海拔山區土地開發的歷史淵源，最初只見墾拓帶來的經濟效益，不見永續經營的環境意識，直到斧鑿已多，青山綠水即將變色，政府再要回收造林卻困難重重。眼見開發與保育間的扞格衝突，阿寶反求諸己，對於自己在實質上安於物質文明，而精神上嚮往自然的狀態感到困惑而懷疑，於是決心放手一搏，深入議題核心，找出自己的答案。她租下果園，在維持生計與復原山林兩者之間力求合理化的經營，文章的後半段便是描述此一過程中的點點滴滴。

臺灣是個多山的島嶼，海拔三千公尺以上的高山就有二百多座，因此百分之七十的臺灣是被層層疊疊的高山森林所覆蓋著，只

要是在臺灣，不管住在哪裡，只要抬頭就能看見山。但是壯麗雄偉、山高谷深的美景下，卻也暗藏著斷層綿密、地勢陡峭的地質特徵。因為海拔差異大，不同溫度的條件造就臺灣高山茶葉、蔬菜、水果等各種高山農業。過度的農業開發，再加上極端氣候下的暴雨和地震，短短幾十年內，我們已經目睹了許多山地崩塌的可怕景象，透過空拍導演齊柏林的紀錄電影《看見台灣》，對於山區的滿目瘡痍，公路的柔腸寸斷，我們又怎能視若無睹？

◇

**練功坊**

◇

你和阿寶老師一樣是個愛山人嗎？或是否也偶爾走入山林感受清新的山風拂面，或登高望遠以療癒快速步調的生活帶來的窒悶心緒。海島臺灣美麗而珍貴，須要你我共同守護，在與家人友朋嬉戲喧嘩、吃喝盡興之餘，是否也可帶著對臺灣高山環境議題的視野看看臺灣的高山、森林與農業，並試著探討在文明進展、經濟開發與環境保護之間是否可能有平衡點？

（林麗美編撰）

## 5-2 穀東俱樂部，找到心與土地最近的距離 [1]

諶淑婷 [2]

幾十年來，鄉村人口奔流都市，如今，也有一股潺潺 [3] 細流，緩慢卻堅定地從都市流向農村。

在宜蘭務農第九年，賴青松 [4] 以「穀東俱樂部」打響了名聲，他從未料想到，做農做到這麼出名。他不知道自己這股力量，能夠發揮什麼作用，但希望自己能扮演城市與鄉村之間的橋樑。耕種之外，他也努力書寫，讓筆尖到達鋤頭可以到的地方，讓更多願意貼近土地生活的人們，找到一處可以稱作故鄉的所在。

颱風剛剛掠過 [5] 臺灣的夏季午後，這天正是大暑 [6] 時節。宜蘭最有名的農夫賴青松，田裡的盛宴熱鬧喧騰。經營第十年的「穀東俱樂部」，一年聚首三次：冬至搓湯圓、春季插秧日，以及此時的盛夏收割季。

---

1　本文節選自《有田有木，自給自足：棄業從農的 10 種生活實踐》，作者諶淑婷、攝影黃世澤，書中採訪了 10 個家庭，以第一手圖文，呈現 10 種農耕生活的創意實踐，記錄他們在土地上自食其力的實踐，他們棄業從農、友善土地、順從天賦，進行一場溫柔而堅定的革命，也呈現了臺灣社會價值的深層轉變。果力文化出版，2013/05/09。

2　諶（ㄔㄣˊ、ㄕㄣˋ）淑婷，政治大學新聞學系、臺東大學兒童文學研究所，曾任報社記者，現為「半媽半X」自由文字工作者，同時在從小長大的社區賣菜，育有一狗二孩三貓，關心兒童、農業與動物的權益與未來生活環境。著有《餐桌上的真食》、《遜媽咪交換日記》、《迎向溫柔生產之路》等書。個人網站「喵的打字房」。

3　潺潺：音ㄔㄢˊ　ㄔㄢˊ，擬聲詞，形容流水聲。

4　賴青松：新竹市人，1970 年生，成功大學環境工程系畢業後赴日取得岡山大學環境法碩士學位。2004 年 4 月回到臺灣，成為稻農，開始實踐有機農法及生態農法，並創立穀東俱樂部。更多詳細介紹請參見本課閱讀錦囊。

5　掠過：掠，音ㄌㄩㄝˋ。輕輕擦過、拂過。

6　大暑：是二十四節氣中的第十二節氣，夏季的最後一個節氣，此時是一年當中天氣最酷熱的日子。

> > >

來自全臺各地的穀東們，戴上麻布手套、拿著割稻刀，將最後一小區水稻刈[7]好。屋後棚下搭起了山宛然布袋戲[8]舞臺，舞臺上史艷文和藏鏡人[9]賣力比劃，舞臺前的小觀眾和偶然騎三輪車經過的阿伯看得又緊張又興奮。

屋邊前院，穀東們帶來自製麵包、醬菜、甜品、青草茶與自種蔬菜，相互兜售；瓜藤架旁，幾片破甕土塊堆成的小土窯、一畦[10]零落生長的小地瓜，一群孩子守著炕窯[11]，剛挖出的蕃薯，燒燙燙的包在芋頭葉裡供分食。青松的小兒子裕仁借來一架迷宮彈珠臺，做起小生意，過關有糖果、不過關也能拿走彈珠。後院的老農夫接過一把把束緊的乾稻草，疊一圈、走一圈，漂亮的草坪逐漸成型了……

在這個農事漸歇的年代，「穀東俱樂部」重現了昔日農村的生活光影。

---

7　刈：音一ˋ，當名詞是割草的鐮刀，動詞則有「割」的意思。所以，刈包應該發音「一ˋ包」，「ㄍㄨㄚˋ」包的念法，其實是「割包」的臺語發音。

8　山宛然：2002 年由黃武山成立的布袋戲劇團。黃武山，從小師承國寶級布袋戲大師李天祿先生的二位公子陳錫煌與李傳燦老師，學習傳統布袋戲技藝，在小學四年級的時候成為布袋戲大師李天祿第一代徒孫。李天祿老師的一番話：「既然是客家人，就該用自己的語言去講。」激發出黃武山客語布袋戲的夢想。在布袋戲的源流體系裡，一向以閩南福佬語系為大宗，「山宛然」可以說是國內少有可使用客家話全劇演出的布袋戲團。「山宛然」的表演方式傾向走遍臺灣各地的小鄉鎮，深入鄉親們的生活圈，和草根的老百姓們親近，落實「處處劇場」之可能。秉持傳承客家文化的熱情與信念，「山宛然」目前以製作演出為主軸，積極參與各項藝術節活動，並開始著手規劃客家戲劇、客家布袋戲與客家音樂的結合課程，用創意結合閩南、客家文化，開創了布袋戲更多樣的表現風格。

9　史艷文與藏鏡人：這是黃俊雄布袋戲《雲州大儒俠》裡兩個最重要的角色，兩人恩怨相爭四十年，真正的關係竟然是失散多年的親兄弟。

10　畦：音ㄑㄧˊ，田園中所分的小區域。

11　炕窯：正寫「炕窯」，或寫為臺語諧音的「控窯」，是一種古老的烹飪方式，將食物和炭火埋在土中燜熟。

## 尋找能做一輩子的工作

「穀東俱樂部」所在的宜蘭員山鄉深溝村，有清澈湧泉，溝渠裡摸得到河蜆[12]，水邊盛開的野薑花飄散清香。

這裡是青松和美虹為孩子選擇的童年成長之處。青松、美虹、大杉（裕仁原名）、宜蓮，一家人的名字合起來，就像是一幅鄉野風情畫。

我們到訪的這日，正是溽暑[13]，坐在青松親手設計的平房裡卻不覺悶熱。大女兒宜蓮在窗邊小桌前溫習課業，小兒子裕仁倚在單人座沙發上看故事書。廚房裡，太太美虹準備著餐點與茶水，招呼今天來訪的一群孩子，他們正坐在後院，聽賴青松解說田間農務，待會還要下田去拔稗草[14]。

和一般返鄉歸農的新農夫不同，平時青松在田裡忙碌，農事空檔，他除了像農夫一般修補田埂、檢測土壤水樣[15]，也常出外演講、行腳充電，思索新年度的稻田耕作計畫。他是田裡的老師，是具備日本碩士的高學歷農夫。

然而，無論是成長經歷、身心思考，青松說自己「早年原本是徹徹底底的都市人！」當時青松和農村唯一的交集點，是國中一年級時爸爸工廠倒閉、債主上門，舉家從新竹搬到臺中阿公家。他從每早吃麵包喝牛奶、玩遙控汽車的都市兒童，變成天天拿鋤頭除草、牽水牛洗澡、做蘿蔔乾、拔地瓜葉的鄉下小孩；彼時甚

---

12 河蜆：蜆，音ㄒㄧㄢˇ。臺語唸法以注音標音可以是ㄌㄚˊ　ㄧㄚˋ，體形有大也有小。基本上蜆是較屬於生長在淡水裡的雙殼貝類。

13 溽暑：潮溼悶熱的夏天。

14 稗草：音ㄅㄞˋ　ㄘㄠˇ。稗，一種植物，常雜生稻草間。稗草常用以泛指稻田中的雜草。

15 土壤水樣：當下雨或人工澆灌植物時，水最終落於土壤並開始移動，這些土壤中的水都稱為土壤水，而土壤吸附水分能力的差異、土色所透露的氧氣分布狀態等科學數據，都必需定期採樣檢測進行分析。

> > >

至沒有衛生紙可用，只有阿公種植加工的洋麻稈。

　　一年過後，全家又搬回臺北，然而，年幼的青松心境已完全不同，他開始厭惡車多人多考試多的都市生活。「我喜歡人和人之間，距離稍微遠一點，但心靈之間近一點。農村生活就是我的期待，都市則完全相反。」青松說。

　　如今回想，當時的遷移，對正邁入青春期的自己，就像是小苗被定植[16]到柔軟黝黑[17]的沃土，長出無數新生的細密根系，此後，緊緊牽連著自己與農村。

　　「其實種田一直是我退休後的生活選項，但不是正經的人生規劃，所以，我只是提早了人生的時間表。」青松說。他從成功大學環境工程系畢業後，曾在開放教育體系、生態研究中心、主婦聯盟工作，但自覺還未找到「能做一輩子的工作」。


## 穀東俱樂部：開創預約訂購、計畫生產的新型態農業

　　三十歲那年，他終於圓夢，來到宜蘭農村，一邊做日文翻譯，一邊種小規模的蔬菜與水稻，試行了一年「半農半Ｘ」後，自覺生活品質不夠好，他又帶著太太女兒赴日攻讀碩士。兩年後取得學位，青松一度猶豫是否該繼續攻讀博士，美虹問他：「拿到博士後，你想幹嘛？」

---

16　定植：栽培用語，是指將育好的秧苗移栽於生產田中的過程，可以為植物生長提供更大的空間，這通常是植株最後一次的種植作業，亦即定植以後，除非砍伐或死亡，否則不再移動。

17　黝黑：音ㄧㄡˇ　ㄏㄟ，深黑或青黑。

猶豫三秒，青松回答：「我還是想回臺灣當農夫。」「那你現在就可以回去了，你有把握三年後還拿得起鋤頭嗎？」美虹這句話，決定了三家人的未來。多了兒子裕仁的青松一家四口，又回到宜蘭。

那一年是二〇〇四年，青松選擇成為專業的稻農，成立「穀東俱樂部」，開創了「預約訂購，計畫生產」的新型態農業產銷模式。

從前，農夫只有一種生產模式，有田就好好種，收成時才煩惱賣不完；「穀東俱樂部」則反向思考，用預購方式找到支持者。

青松從朋友的朋友出發，募集一群「穀東」，以預約付款方式認購一年田間的收成，他自己則擔任「田間管理員」的角色，受雇領薪，為穀東們種植安全的作物。同時，他公開所有田間資料和種植地點，讓穀東能隨時來訪，重建生產端、消費端之間的友善連結。

「穀東俱樂部」九年的努力證明，臺灣的消費市場已進入新的階段，消費者由於無法在銀貨兩訖[18]的市場中找到值得信任的食物，主動選擇預約購買，支持在地農夫，建立互信的合作關係。

而對於未來，青松期盼，「臺灣能出現更多實體的農夫市集，建立在地的食物系統，連結農田與廚房，重新找回人、食物與土地的友善關係。」

圖片來源：果力文化

---

18 銀貨兩訖：訖，音ㄑㄧˋ。交易時，同時付清貨款及點收貨物。

不管是哪一種型態的務農，應該都無法成為富豪；退而求其次，務農能在功利主義掛帥的社會體系中創造自我的價值嗎？如果不能，那麼再退一步，務農能養活一家人嗎？相信所有曾經在城市打拚而後選擇回鄉務農的青年，下定決心之前，都曾經反覆如此自我探問吧！不同的人對此或有不同的答案，但出發點卻應該是相似的──希望自己不隨波逐流，希望找到使生命安穩的幸福感。

2004 年春天，從日本修讀完研究所學業後，賴青松在妻子美虹的理解與支持下，舉家遷回睽違兩年的故鄉臺灣，在宜蘭深溝村承租了一塊農地，荷鋤戴笠開始種稻，實踐有機農法及生態農法，以碩士農夫的身分，成為農委會新農業運動「漂鳥計畫」的代言人，並廣受各大媒體的採訪報導。

此時的青松已經 34 歲，許多朋友對於他務農的選擇，抱持懷疑的態度。但在三年後出版的《青松 e 種田筆記：穀東俱樂部》（心靈工坊出版，2007）這本書中，我們才理解這顆稻米的種子，早在青松年少青澀的時代，便已埋進了心田。12 歲那年，當時正值青春期的青松，遷回臺中鄉間的阿公老家，那一年的農村生活經驗，應該是青松選擇這條道路最原初的起點，如同作物的定植，雖然幼苗移栽必須忍受根鬚撕裂的苦楚，然而當它定植到柔軟黝黑的沃土上時，會萌生出更多細密的根系，長成更茁壯的體質。

這一年，他成立了「穀東俱樂部」，相招一群志同道合的朋友來擔任穀東，一起出資租下田地，僱用一位田間管理員，委託農民代為耕作，種出同享一畝田的福分。既是農業，必然與氣候息息相關，豐收時固然喜悅，但穀東們也必須承擔颱風、暴雨等天候導致歉收的風險。因此，穀東雖不是實際的耕種者，卻也跟隨大自然的脈動多少體會了務農的心情。每位穀東根據自己家中食用稻米的數量，決定每一年投入的成本。從租地、押金、肥料、插秧、除草、追肥、收割、倉儲、運送到休耕期間的管理，乃至於田間管理員的薪資等，都由種米的穀東們共同分攤。

　　到了收穫的季節，穀東們就可平均分享到新鮮收成的稻米。藉由穀東機制，消費者的角色，從「買米人」變成了「種米人」。當收到那一包包自己用心守候熟成的稻米時，心中想必多了成就與安心吧！打從下田種稻第一天起，青松的心中便有個願望，希望能在那五甲田地上，種出越來越多真摯的笑容！因為他始終相信，唯有更多人用心陪伴的土地，才能生產出真正滋養人們身心的食糧。

　　賴青松認為「穀東俱樂部」的價值正是在傳達一種生活理念，一種重視環境的生活態度。真實地讓穀東們在情感的流動中重新感受農村生活的光影。這樣的實踐模式如果能推廣普及，出現更多實體農夫市集，更友善的連結農田與廚房，食農教育或許才能真正落實，重新找回人、食物與土地的親密關係。

　　2015 年，聯合國宣布了「2030 永續發展目標」（Sustainable Development Goals, SDGs），包含 17 項核心目標，指引全球共同努力、邁向永續。其中第 11 項是「建構具包容、安全、韌性及永續特質的城市與鄉村」、第 12 項是「永續的消費與生產模式」。日本近年也有「里山」一詞（日語發音：Satoyama），意指在鄰里附近的山林、平原，透過永續的生態保育以及結合當地自然資源的生活方式，與土地產生互動，此即「里山生活」。SDGS 第 11、12 兩項所強調的永續精神與里山生活強調的在地生活感正與穀東俱樂部的理念高度契合。

　　青松的信念與腳步可謂興農的先行者，作為新農業的指標人物，過程中當然也有風有雨有質疑，但他與夥伴們歷經困境、抉擇、調整，一邊摸索一邊堅定地開創著臺灣農村從傳統走向現代的契機與道路。

　　下田種稻之外，為了永續經營，賴青松與夥伴楊文全持續號召歸農人力，並積極建立在地人際網絡，著手創建各種平臺，歷經穀東俱樂部、倆佰甲、慢島生活／慢島學堂的蛻變，進行把人找進來，把米推出去的產業創新。漸漸地，有了許多追隨者，專業農民、全

> > >

職農民和所謂的「半農半Ｘ」[19]的生活者大量湧進深溝，這些充滿行動力與外部資源的人落地生根、分工分業，開始營造跟建構屬於自己的理想生活。

半農半Ｘ生活者大多具備個人專長，各自種田賣米，彼此間激發創意，造就深溝村百花齊放的新氣象。借助網路時代的開放社群概念，彼此之間不形成共識，不統整腳步，如此自由開放氛圍，吸引了更多新世代農夫。例如：展開農田裡的科學計畫、舉辦公車小旅行、成立廣播節目、開放農業實驗基地等。街區更陸續出現著名的小間書菜、貓小姐食堂、美虹廚房、一簞食素食餐廳，以及「月光莊·宜蘭」民宿等。

最新出版的《半農理想國：台灣新農先行者的進擊之路》（遠流，2022/11）詳述了穀東俱樂部成立至今接近二十年的實戰全紀錄，賴青松不但為自己尋得安身立命之道，並積極對外倡議，掀起了臺灣返鄉從農的時代浪潮，成為友善農業的先驅，並為嚮往農村生活者闢出一條路，讓後繼者看到農業的各種可能性。在書裡，賴青松與楊文全毫無保留分享了他們的成果與挫折，物質與心靈，是如何尋求平衡。對嚮往農村田園生活的人來說，這些經驗分享非常務實，可以減少因為過度浪漫而產生的衝擊與失落。

◇
## 練功坊
◇

你有任何真實的農事經驗嗎？若無，請問問自己家中的祖輩、父輩，當身心投入於農事生產的當下是什麼感受？與工商業社會中領薪水的上班族有何不同？現代有未來新農民、半農半Ｘ、週休農、揪朋友一起農等各種農夫型態，你想試試看嗎？為什麼？

（林麗美編撰）

---

19 「半農半Ｘ」是日本作家塩見直紀（Shiomi Naoki）在 2000 年提出來的概念，是指有些農民除了來自農業的收入外，也靠著自己的天賦或是在都市養成的專長在農村營生。

## (5-3) 我在池上 [1]

蔣勳 [2]

　　我生活在池上 [3]，沒有電視，不看報紙，沒有社交應酬。這個小小鄉村，晚上八點，最熱鬧的中山路也少行人了。沒有戲院、卡拉OK，沒有夜店，臺九線上的便利商店，開卡車的司機買了飯包，匆匆來去。他們不算池上居民，只是路過。居民晚餐後多就上床，餐廳也熄燈打烊，拉下鐵門。我因此不多久也習慣這樣作息，八點就上床看書睡覺。

　　春分以後，天亮得早，遠近雞啼鳥鳴，吱吱喳喳，不起床也似乎愧疚。通常五點鐘就出外散步，看清晨的雲無事在水田上浮盪，

---

1　蔣勳接受台灣好基金會邀請，2014年10月起開始在臺東池上鄉擔任駐村藝術家。他在縱谷找到一間老宿舍，在最簡單的生活條件下，開始寫作、畫畫。本文節選自《池上日記》卷一〈山影水田〉頁80-84（有鹿文化，2016年），此書集結蔣勳一年多來的池上駐村文字、攝影創作。

2　蔣勳（1947-），福建長樂人，生於西安、成長於臺北，著名畫家、詩人與作家。中國文化大學史學系、藝術研究所畢業，1972年負笈法國巴黎大學藝術研究所。曾任《雄獅》美術月刊主編、東海大學美術系主任、《聯合文學》社長。多年來以文、以畫闡釋生活之美與生命之好。寫作小說、散文、詩、藝術史，以及美學論述作品等，深入淺出引領人們進入美的殿堂，並多次舉辦畫展，深獲各界好評。出版過《龍仔尾·貓》、《池上日記》等將近60本著作；有聲書《孤獨六講有聲書》；畫冊《池上印象》等。蔣勳也曾經做過廣播節目「文化廣場」，獲得了1988年的金鐘獎；主持「美的沉思」節目，獲得2005年廣播金鐘獎最佳藝術文化主持人獎。

3　池上：臺東縣池上鄉，以「米」聞名於世，有「米故鄉」的稱號。2010年，獲選為交通部觀光局「國際光點計畫」，命名為「池上光點」，是花東接待國際旅客的觀光遊憩景點之一。全鄉地處花東縱谷中部偏南，由新武呂溪所沖積而成的肥沃平原，西有中央山脈，東有海岸山脈，氣候屬熱帶季風氣候，雨量充沛，造就了聞名的優質池上米，由池上米所作的池上便當更是遠近馳名。

> > >

留連徘徊。太陽還沒有翻過海岸山脈，稻秧上結著清晨的露水，空氣裡都是植物的香，泥土的香。隔夜苦楝[4]的花香像一片淡淡紫色的霧，還在四處飄浮流蕩，像找不到歸宿的搽[5]了香粉的女子。

我通常出大埔村[6]，沿著水渠往南走，左手邊是東邊海岸山脈，右手邊是西邊中央山脈。山都還沉在暗影中，像沒有甦醒的巨大的獸。走到土地公廟，拜一拜，由南轉東走，朝向萬安村[7]，聽水渠流淌，潺潺湲湲[8]。水渠有引道[9]，嘩嘩[10]連貫到不同高低的田裡，像有說不完的親暱話，要說給每一片不同的田土聽。每一方田裡一樣平平的水，像盛在淺淺的盤中，不多也不少。沿著萬安村再轉向北走，走到大坡池[11]，天還未全亮，霧濛濛[12]的，山影水光像一張濕透未乾

---

4　苦楝：楝，音ㄌㄧㄢˋ。苦楝樹是臺灣原生樹種，臺灣人叫它「苦楝仔」，楝科落葉喬木，耐潮濕、鹹土，有旺盛的生命力，原野、堤防、農路旁、社區等都可發現其身影。

5　搽：音ㄔㄚˊ或ㄘㄚˊ，塗抹。

6　大埔社區涵蓋大埔、陸安兩部落，原為阿美族聚居地，阿美族語「KA-LU-KA-BU」，意思是大片未墾的肥沃地，故稱「大埔」。社區位在池上鄉西側，西有中央山脈、北有大埔山，群山環繞，屬於半封閉型社區，由於冬季北風吹不進來，十分溫暖，有別於花東縱谷地區冬季冷鋒凜冽。大池豆皮店亦位於社區範圍內，是近年台9線新興景點。

7　萬安社區位於風景優美的花東縱谷之中台197線上，緊鄰萬安山，萬安山形狀似一條龍，傳說龍首在磚窯場附近，龍身即樹林中莊，龍尾在龍仔尾，沿路往東看，正好可以將此地形地貌與舊有傳說做一對照。萬安村是池上面積最小的村，擁有池上最大的有機田區，保留下大片不被電線桿切割的稻田景觀，成為遊客到池上必訪的小村。

8　潺潺湲湲：潺湲，音ㄔㄢˊ　ㄩㄢˊ。潺潺，形容流水聲；湲湲，水勢洶湧的樣子。

9　由萬安山綿延而下的萬安溪，伴隨著村中農田水路，穿越的水渠是眾多灌溉水之一，在築堤前曾經綠柳垂岸，具有豐富的農村生態景觀，這些構成萬安的水系網絡，山水之間的景緻令人神往。

10　嘩嘩：音ㄏㄨㄚ　ㄏㄨㄚ，狀聲詞，形容水流聲。

11　大坡池：原名大陂池，亦可寫作「大陴池」、「大埤池」或「池上大埤」，曾以「池上垂綸」的名稱列為臺東十景之一。由於天然環境良好，因此動植物等生態資源十分豐富，每逢夏季時可賞滿池粉嫩的荷花，而周邊更設有環湖步道與自行車道，景色優美宜人，是適合放鬆休閒的去處。

12　濛濛：音ㄇㄥˊ　ㄇㄥˊ，迷茫不清的樣子。

的元明水墨，不用題跋[13]，也不需要落款[14]，空靈潔淨到一塵不染。岸邊水鴨驚飛，啞啞叫著，一長隊成群貼著水面掠過[15]，飛到對岸。上一個冬天留下稀疏枯殘荷葉蓮蓬，像水墨裡的乾筆飛白[16]，在春天的溫柔嫵媚裡帶著殘冬的淒厲孤冷。陽光還沒有露臉，色彩也都躲在暗影裡。色彩在等待，只要海岸山脈上一線曙光亮起來，色彩便被召喚醒來，紅的、綠的、黃的、紫的，喧譁繽紛，熱鬧如簇擁[17]著的新妝女子，要一起走出來見客人了。

　　我或許也是路過吧，等日頭翻過山脈，天光大亮，我就回到畫室，面對著空白的畫布，想畫下大坡池沒有日光時的寧靜，想畫下水渠裡錚錚淙淙[18]的水聲，想畫下苦楝樹春分時四處瀰漫的香氣，想畫下這初春時一個小小村落彷彿被遺忘的乍暖還寒。

　　然而，池上還是被記起來了，因為商業廣告重複播放，人們記起了這個在縱谷的小鄉村，記起他一條沒有路燈兩邊都是水田

13　題跋：題，指寫在書籍、字畫、碑帖等前面的文字；跋，音ㄅㄚˊ，指寫在書籍、字畫、碑帖等後面的文字，總稱題跋。

14　落款：在書畫、書信、禮品等上面題寫姓名、稱呼、年月等字樣。

15　掠過：掠，音ㄌㄩㄝˋ。輕輕擦過、拂過。

16　乾筆飛白：當筆毛開叉運筆，或施力不一導致筆毛分散，便會在線條中產生空隙，在高速運筆的情況下最常發生，能給人以飛動的感覺，稱作飛白。

17　簇擁：音ㄘㄨˋ　ㄩㄥˇ，人群等以某點為中心團團圍聚。

18　錚錚淙淙：錚淙，音ㄓㄥ　ㄘㄨㄥˊ。狀聲詞，水流聲。

＞　＞　＞

的美麗道路[19]，記起一棵樹[20]，樹底下坐著一位明星[21]。那棵樹首當其衝，遊客爭相跟樹拍照，彼此推擠，踩到水田裡去，踩壞了剛插的秧苗，農民哭喪著臉央求：不要踩秧苗。遊客彼此惡言相向，把氣出在農民身上，質問農民：為什麼不插牌子，寫「不准踐踏」！

島嶼有什麼東西變質了？急躁、自私、蠻橫、草率，這個時代還會有真正土地的厚實安靜嗎？

「有錢為什麼不賺？」一日一日隨著變質的將不會只是一個便當[22]而已吧。

圖片來源：有鹿文化

---

19 指伯朗大道，池上鄉的一條田園小路，有廣大翠綠的稻田，一路上沒有任何一支電線桿，景色適合拍照打卡，被譽為是一條「翠綠的天堂路」。這條道路為錦新三號道路，後來被伯朗咖啡選中拍攝廣告，因此道路暱稱為「伯朗大道」。

20 指金城武樹，伯朗大道上的一顆茄苳樹，枝葉茂密適合乘涼，被選為當時長榮航空廣告金城武奉茶的拍攝地，因而被稱為「金城武樹」，吸引許多追星族及遊客前往拍照留念。

21 指金城武，他替航空公司拍攝形象廣告，讓原本安靜的天堂路、伯朗大道，以及他乘涼奉茶的大樹爆紅。

22 池上便當又稱為池上飯包，源自池上鄉的鐵路便當，因使用該地區生產的稻米及竹片飯盒而聞名，而過去臺灣池上米也曾是進貢給日本天皇的御用米。

**閱讀錦囊**

當 2009 年蔣勳收到當時的台灣好基金會[23]執行長徐璐女士來信，附有一張池上「秋收」活動的照片——空拍鋼琴家在一大片翠綠的稻田中央演奏，他驚嘆世上怎麼會有這麼美的稻田風景，從此池上這個名字呼喚牽引著他一次又一次去了池上。2012 年，蔣勳應邀參加池上「春耕」的朗讀活動，碰到了磅礡大雨，因為草地積水，原本可以坐在斜坡上的觀眾穿著雨衣站在雨中聆聽，詩人誦詩聲加入大雨嘩嘩的節奏，詩句彷彿一出口就被風帶走，消散在風聲、雨聲裡。隔幾年後，蔣勳決定接受台灣好基金會的邀請在池上駐村，從秋天開始為期五百多個日子。

2014 年 10 月，蔣勳帶著筆、墨、幾本書、簡單的行李，搬到臺東的小農村——池上，住進廢棄六十年的老宿舍[24]，捨離了都市生活，不看電視，減少滑手機，跟著農民日出而做、日入而息。他說：「池上教會了我兩件事，一個是自然秩序、一個是土地倫理。」池上像一個老師，引導他找回身體的自然秩序，例如，對日出日落、春分秋分有了新感覺，什麼時候插秧、花什麼時候交配、身體會有什麼改變，都會有所感應，重新跟著這個秩序生活。像是春分後天氣轉暖，農人 5 點下田時蔣勳也起床出門，就近買現打的五穀豆漿跟高麗菜包當早餐，沿路往東走、再往南，日出時刻太陽完全像個「spotlight」打在中央山脈。走完一萬步就回到畫室作畫，直到黃昏時再次出門散步，此時已見燦爛晚霞打在海岸山脈。在池上到了晚上 8 點，街上已沒什麼人影，蔣勳上床看看書就入睡。

蔣勳在池上除了找到了自然、晨昏、節氣，還感受到了人與土地的連結親密，農民教會他怎麼在土地裡學習：「知識分子有一種不自覺的傲慢，但回到土地，就必須謙卑，農民們所有工作都是彎

---

23　從 2009 年開始，池上鄉與台灣好基金會合作創辦池上秋收藝術節，接連迎來雲門舞集、優人神鼓、張惠妹、伍佰。至今，池上的大坡池畔建起音樂館，舊穀倉改造成美術館，蔣勳等名家先後駐村生活，而雲門舞集演出的圖片和報導曾登上了《紐約時報》。

24　池上國中老師的舊宿舍被改為蔣勳駐村時的家。

著腰。」農民也告訴他：「豐收時，最飽滿的稻穗都是彎著腰的、更接近土地，如果還傲慢地直立起來，就不是好的稻穀。」當地食物是自家田裡、院裡種的，常常一早開門，發現門口不知是何人放了油菜花、絲瓜，原來是有人收成多了拿出來分享。他說：「自然秩序和土地倫理，是都市裡愈來愈陌生的東西，我已經忘了。人在都市裡，真的會比較自閉、憂鬱，一旦身體跟大自然的秩序無法接在一起，那一定焦慮、也一定痛苦。」

蔣勳又說人在池上最大的領悟就是「天長地久」，在那裡根本不能急，農民插秧就要等苗慢慢長大，不能揠苗助長。就像是沿著卑南溪慢慢走，溪水有它的速度，流到每一條池上的水圳中，灌溉每一片農田。唐詩說的「水流心不競」，順著溪流而走，少掉了競爭心，看到藍天白雲下婦女在溪澗洗衣，發現真正的生命是可以細水長流，可以天長地久。在池上，生活就是這麼簡單。[25]

都會人來到池上宛如回到心靈故鄉，往內心深處挖掘許久不見的自我，找到創作初衷。池上風景成為蔣勳創作的源泉，他在極簡的生活條件下，開始寫作、攝影、畫畫，用文字、用顏料，堆砌累積池上記憶，與大地、萬物、季節的流轉心有所感～春日迷濛、夏日金夕、秋日低迴、冬日晃漾～將縱谷之美躍然於畫布、書寫於卷。蔣勳畢生致力推廣美學教育，用佈道的心情傳播對美的感動，他提醒我們反觀內在，特別是培養豐美的五感經驗[26]，讓視覺、味覺、聽覺、嗅覺、觸覺的敏銳感受全面甦醒，由此而能深刻體驗大自然與生活之美。藉由閱讀〈我在池上〉這篇選文，池上的春晨漫遊讓五感全面覺醒，悅享一場天地大美的饗宴。

---

25 蔣勳在池上鄉的駐村生活狀態，取材自《聯合報》2018年專訪：〈優人物／蔣勳在池上〉。

26 五感是指視覺、聽覺、嗅覺、味覺和觸覺，感受的部位分別是人體的眼、耳、鼻、口舌、皮膚。蔣勳著作《美的覺醒，蔣勳和你談眼、耳、鼻、舌、身》，在這本書中替讀者們提出個人講求美好生活的新視野、新心法。

　　然而「觀光人潮擋不住，伯朗咖啡、金城武招來的觀光客比我多得多」，蔣勳寫《池上日記》教外地人試著慢下來，尊重這裡的自然秩序與土地倫理，不要去破壞。池上得天獨厚的縱谷景觀，孕育豐富的物產，是花東縱谷不可錯過的觀光勝地，但也因此成為人潮雜沓的景點而造成環境破壞。例如「金城武樹」命運多舛，遊客爭相合影或坐在樹下大石頭上扮金城武「奉茶」狀，踩壞了秧苗，甚至讓部分樹梢綠葉枯萎。尤其在農忙時期遇到寒假旅遊的旺季，每天人潮絡繹不絕，遊客隨便停車卡位，讓已經夠窄的產業道路變得更難通行，妨礙了農用車行駛。當地農民不堪其擾，曾經傳出有農民生氣地說，要砍樹、要毒死這棵樹。遊客帶來的亂象除了踩踏稻田取景拍照、遊客車與農機車爭道，還包括田裡被亂丟垃圾、夜遊發出吵鬧聲。結實纍纍的稻穗被踩平，導致無法收割，農民看了心痛不已。即便池上鄉公所設置了遊客公約提醒遊客，亂象仍難以改善，當地居民只能無奈地表示，若道德勸說無效時，呼籲地方政府必要時拿出公權力，讓居民的生活不受過多的干擾。

**練功坊**

1 分別就視覺、聽覺、嗅覺、味覺和觸覺，從〈我在池上〉這篇散文中感受運用五感寫作的句子。

2 池上鄉作為觀光景點遭遇了哪些破壞？列出你所能想到的並思考解決之道。

（高碧玉編撰）

> > >

# 導論
‧ ‧

　　大體而言，媒體素養是指人們在各種情境中近用、理解、分析及產製媒體訊息的能力。有別於培養媒體從業人員的媒體專業教育，「媒體素養教育」以全民為對象，含括認知、情感、態度、觀念到行動等各個層面，目標在於培養全民具備思辨與產製訊息的能力，能夠以批判性的角度去解讀、而不是盲目接受所有的媒體訊息，避免受到媒體的不當影響。尤其在網路 e 世代，人們在孩童時就開始學習電腦和軟體，早在進入大學就讀之前就已經很習慣使用科技，而社群網路科技的興起，讓閱聽大眾不再只是訊息接收者，社群網路具備功能強大的互動性，人人可以製造、編輯和分享訊息，達到無國界傳播。

　　學校教育提供學生體驗並學習參與公民社會生活的知能，西方國家早已把媒體素養教育納入正規教育體系中，臺灣雖然起步較晚，近幾年有越來越多的大學開設相關課程，中小學也有融入媒體識讀的課程設計。本單元以提升媒體素養為目標，希望藉由活動的設計讓學生理解媒體對人們感知外在世界的影響，對媒體訊息能夠有批判和省思的能力，進而訓練學生產製並傳播訊息以行銷自己。

　　首先，選文〈曾子殺人〉呈現輿論的殺傷力。輿論的「批判」不可淪為「霸凌」，輿論基於捍衛「社會共同價值」的立場批判不公不義之事，是維持社會道德運作的重要機制，但若是出於個人利益或主觀意識、或一時衝動，不正當的謾罵則讓「社會批判」變成「集體霸凌」。例如一句「曾參殺人」的散播引起了軒然大波，謠傳短時間內就形成輿論，讓曾參之母嚇到倉皇逃逸。諸如這類未經查證訊息真偽的輿論不僅對承受者造成損害，但也不要忘了，真相大白時往往殺傷力會反撲到事件的始作俑者。

　　其次，作者林育聖在〈文案是什麼？到底什麼叫做「寫文案」？〉這篇文章中，以他耕耘文案多年的經驗，用淺顯易懂的文字引導初學者入門，讓

> > >

讀者掌握寫出具吸引力文案的四個能力和實作步驟。借助傳播新科技，被動接收資訊的閱聽人可以搖身一變成為訊息產製者或傳播者。進入「滑世代」，以現代化、電子化的手段，向不特定的大多數或者特定的單個人傳遞規範性及非規範性資訊的新媒體的總稱，叫「個人媒體」，又稱為「自媒體」。當今自媒體造就了無數名利雙收的網紅，粉絲動輒百萬計，其影響力堪比新聞媒體。擁有文案能力在社群平臺發文，可說是邁向網紅的入門磚。

最後，〈《1984》──老大哥正在牢牢盯著你〉這篇文章介紹英國作家喬治・歐威爾的小說《1984》，探討極權獨裁政府如何透過各種手段，對人民的思想和行為實施全方面監控。友愛部思想警察利用電幕和竊聽器等媒體科技和告密者，逮捕思想犯罪嫌疑人進行思想改造，使他們喪失獨立思考能力，全然接受黨灌輸的訊息。此外，黨竄改歷史並簡化語言，無所不用其極弱化和箝制人民思想，活在這種毫無自由和人性的社會，人民毫無辨識訊息真偽和客觀真相的能力，只是一具具麻木不仁的行屍走肉。

## (6-1) 曾子殺人 [1]

佚名

　　昔者曾子[2]處費[3]，費人有與曾子同名族者，而殺人。人告曾子母曰：「曾參殺人！」曾子之母曰：「吾子不殺人。」織自若[4]。有頃[5]焉，人又曰：「曾參殺人。」其母尚織自若也。頃之，一人又告之曰：「曾參殺人。」其母懼，投杼[6]踰牆而走。

### 附錄1：曾子語錄[7]

　　曾子曰：「吾日三省吾身：為人謀而不忠乎？與朋友交而不信乎？傳不習乎？」（〈學而‧第二十一章〉）

　　曾子有疾，召門弟子曰：「啟予足！啟予手！《詩》[8]云『戰戰兢兢，如臨深淵，如履薄冰。』而今而後，吾知免夫！小子！」（〈衛靈公‧第二十一章〉）

---

1　本文出自《戰國策》，作者佚名。《戰國策》的成書非一時一人，是彙集《春秋》至秦一統天下之間，策士著作和史官記載而成的歷史著作。《戰國策》善於述事明理，大量運用寓言、譬喻，人物刻畫富於文采。不僅是歷史著作，也是一部非常好的歷史散文。

2　曾子：曾參，字子輿，春秋末年魯國人。曾點之子，為孔子弟子，性至孝。著有《大學》、《孝經》，以其學傳子思，子思傳孟子。後世尊稱為「宗聖」。

3　費：音ㄅㄧˋ，春秋時國名，轄地在今中國山東省費縣。

4　自若：態度自然如常。

5　有頃：不久。

6　投杼：指曾參母親受惑於謠言，終疑曾子殺人，投杼踰牆而逃的故事。後比喻謠言眾多，連最親信的人也會動搖堅定的信念。杼，音ㄓㄨˋ，織布機上用來牽引緯線的器具。相關成語有「投杼之惑」、「投杼之疑」、「曾母投杼」等。

7　本文出自《論語》，作者乃孔子弟子及再傳弟子所作。

8　詩：指《詩經》。

> > >

# 附錄 2：烽火戲諸侯 [9]

　　褒姒不好笑，幽王欲其笑萬方，故不笑。幽王為烽燧 [10] 大鼓，有寇至則舉烽火。諸侯悉至，至則無寇，褒姒乃大笑。幽王悅之，為數舉烽火，其後不信，諸侯益亦不至。

圖片來源：維基共享資源

9　本文出自《史記‧周本紀》。《史記》作者司馬遷，是西漢時期著名的史學家和文學家。10歲時閱讀誦習《左傳》、《國語》等書，19歲時，自長安出發遍及江淮和中原地區，實地踏察歷史遺跡，採集風俗、印證傳說。《史記》被公認為史書的典範，作者被後世尊稱為史遷。

10　烽燧：邊境遭敵人入侵時，用以報警的烽火。燧，音ㄙㄨㄟˋ，古代邊防舉煙警示的訊號。

閱讀錦囊

曾參是孔門中，以孝道聞名的弟子，流傳後世的故事有：曾參瓜田除草時，不慎割斷瓜根，父親大怒，拿棍子打昏他。曾參清醒後向父親認罪，並彈琴唱歌表示身體無恙。孔子事後告訴他：「小杖則受，大杖則走。」以免父親盛怒下手過重，造成無法挽回的後果，陷父親的管教於不義。《二十四孝故事》有曾子「齧指痛心」的故事，某日曾子在山中砍柴，家中突然來客。因家貧無法待客，曾母情急之下咬破手指，母子連心，曾參忽然感到心痛，匆匆負薪返家，解決了母親的困境。

曾參成長後拜孔子為師，著有《大學》、《孝經》。將孔子學說傳給子思，子思再傳給孟子，是儒學能流傳後代的重要人物。曾子提出「吾日三省吾身」的修身法則，影響深遠。又臨終時，以「如臨深淵，如履薄冰」，作為一生行事準則的寫照，如此謹小慎微的人，仍遭受不實的指控。《戰國策·秦二》記載：曾子住在費國時，有同名同姓者殺人，此時有好事者不經查證即告訴曾母：「你兒子殺人啦！」由於曾子以孝聞名，曾母不為流言所動。但當第二、第三個人這麼說的時候，曾母最終還是懷疑起兒子，匆忙丟下手上織布的杼，連忙踰牆而逃。

母親應該是最理解兒子的，但當眾口鑠金、積非成是時，輿論成為一種語言的霸凌，左右了曾母對兒子的信任。曾母最終相信了流言，畏懼被連坐處罰而選擇逃跑。現今社會網路匿名霸凌者眾，許多被霸凌者不及曾子至孝的名聲，因此若漠視被霸凌者的傷痛，甚至加入霸凌他人的行列，將使媒體之善成為媒體之惡，現代媒體的進步性，反而成為傷人的利器，值得吾人深思。

不僅個人遭遇假消息的霸凌與迫害，一個國家也會因假消息而遭遇大難。例如《史記·周本紀》記載「烽火戲諸侯」的故事，周幽王寵愛冰山美人褒姒，搏君一笑、得美人心，取用邊境遭敵人入侵時，用以報警的烽火臺，試驗諸侯的忠誠與集結的速度。褒姒見諸侯大軍蜂擁而至，不禁大笑，如同「狼來了」的寓言。幽王

十一年（前771年），鄫國[11]與犬戎[12]進攻幽王，此時幽王再舉烽火求助，曾被戲耍的諸侯們已不願前來保護王室。最終幽王在驪山下被殺，褒姒自縊而死，周朝滅亡。

◇

練功坊

◇

　　現代是人手一機的時代，每天接觸到的資訊量大，不論是製造內容？或是閱聽大眾，我們是否隨時接收、隨口傳播不經查證的錯誤訊息？能否記錄幾天內，身邊所聽、所見、所聞「評論他人」的內容，並標識出哪些是「事實陳述」？哪些可能是「語言霸凌」？假設自己是被語言霸凌的當事人，該如何因應呢？

（王淑蕙編撰）

---

11　鄫國：鄫，音ㄘㄥˊ，國名。夏禹後代被封於此，故城約在今中國山東省嶧縣境。

12　犬戎：西戎種族的一支。多分布於今中國陝西涇渭流域一帶，為周朝西邊強大的外患，幽王時攻陷鎬京，西周因而滅亡。

## (6-2) 文案是什麼？
## 到底什麼叫做「寫文案」？[1]
林育聖[2]

### 一、文案是什麼？哪些文字可以被稱作文案？

「文案，就是廣告用的文字，舉凡是需要對他人宣傳特定事物的文字，都可以稱之為文案。」

過去文案較多出現在商業宣傳管道中，例如電視廣告、大型看板、或是宣傳紙品上，但現在由於宣傳工具的多元化，因此文案也會出現在各處生活之中，每天打開手機連上網，都會是各個廠商滿滿的文案，吸引你趕快買買買。

因此文案不以特定形式或文體存在，而是一種撰寫的目的，可以寫成是幾個字的標語，也可以是一篇長長的宣傳文章，又或者是創意的如新詩一樣，表現形式多元而豐富。

例如：

---

1　此文為網路文章，出於「文案的美」網站，編者取得原作者林育聖之同意，微幅編訂內文之段落。本文作者林育聖先生授權無償使用於本教材，藉此表達感謝之意。

2　林育聖：現代知名文案創作人，也是暢銷書作家。他自稱是「寫字的商人、做生意的文人、一個有創意的普通人」。2015 年開設文案公司「文案的美」，一方面商業接案，另一方面也致力推廣文案思維。2016 年出版人生第一本書《每天來點負能量：失落的壞話經典，負負得正的人生奧義》大為暢銷，後續出版了《告別負能量：續集居然就是完結篇！》（2017）、《聽說你在創業》（2019）、《那些努力的事，就該成為故事》（2023）等書，創作能量強大，積極經營臉書粉絲專業，因常年靠鍵盤為生，所以戲稱自己為「鍵人」。

\> \> \>

(路上隨手拍)

　　不只在商業環境上需要文案，文案也可以說是生活必備技能了，因為我們每一個人上網，在社群平台發文，都可以說是為了宣傳自己。

　　不論是曬美食照、出遊、分享讀書心得，甚至是看見某個新聞後的感想，只要擁有文案能力，就可以讓你的想法，更容易傳達給別人知道。


## 二、寫文案與一般寫作有什麼不同呢？

　　一般寫作，或是文學上的創作，比較偏向自我紓發，或者是記錄事件為主，而文案則是明確的目標對象溝通，帶有目的性。

　　「文學是寫出自己的世界，讓別人認識我；而文案是要進入別人的世界，改變他們的想法與行動。」

　　因此文案會更重視用觀看者的角度來撰寫內容，思考對方需要什麼東西，寫出對方想看的內容。

　　而在文字技巧上，文案會用較容易閱讀與好理解的方式表達，

確保**有最大數量的人群能夠理解**這些內容，除了特殊創意外，一般都會避免使用生難字詞，頂多運用常見的修辭技巧，如迴文[3]、譬喻、押韻等，創造閱讀上的趣味感。

不只用字，文案更重視想法上的傳達，有時候一個好的切入點、洞察或者是訴求與創意，就能夠創造出巨大的迴響。

「**好的文案價值連城**」就是指一個好文案可以讓一個商品，甚至讓整個品牌深植人心，創造龐大的商業價值與利益。

擁有文案技能，在職場上可以多一份競爭力，甚至如果是成為專精的文案師，也能夠自由接案，為自己創造更多元的發展空間。

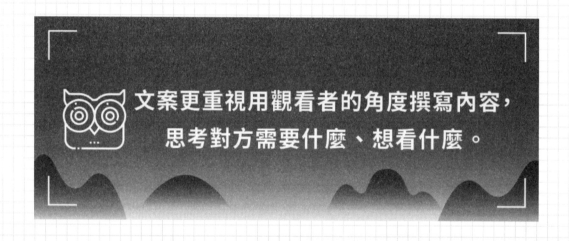

文案更重視用觀看者的角度撰寫內容，思考對方需要什麼、想看什麼。

### 三、那要如何學會寫文案呢？寫文案需要具備什麼樣的能力？

寫文案與畫畫一樣，創作的門檻不高，只要會寫字的人，都可以嘗試看看，但卻不是每個人都能寫出適合的文案，也不是輕易就能夠寫出滿足需求的文案。

---

3　迴文：亦稱回文、回環，是正讀反讀都能讀通的句子，亦有將文字排列成圓圈者，是漢語中特別的一種修辭方式和文字遊戲，讀來有迴環往復、綿延無盡的美感。

要寫好文案，基本有四個能力必須具備：

1 **掌握文字的能力**：需有能用文字流暢表達想法的能力。

2 **產品市場的理解能力**：需要有產業相關知識與市場資料搜集能力。

3 **受眾思維的判斷能力**：需要有洞察人心需求，瞭解他人內心的能力。

4 **風格市場的營造能力**：需具備多元的風格變化能力，亦有自己主打的創作風格。

許多人可能只擅長1.掌握文字的能力，覺得自己很會寫作文，就認為自己可以寫文案了，但卻缺少相關產業經驗，也不擅長去搜集資料和做功課，又或者只專注在自己的世界中，而缺少對他人的觀察，難以寫出影響他人的內容。

又或者是風格掌握過於單一，因此只能撰寫特定領域的文案，例如只會寫臉書文案、只會寫食品相關文案等，這樣能夠發揮的空間太少，就好像一個人說自己很會溝通，但只會講笑話而已，難以成為一種謀生技能解決問題。

**再來瞭解產品市場是很重要的**，因為不同產業要注意的細節和相關知識也不同，不瞭解這部份專業知識，那就可能寫出淺薄的文案，無法帶給消費者更深入的觀點。

還有關於瞭解受眾思維，簡單說就是「**同理心**」的概念，要能夠思考閱讀者在乎什麼，他們想看到什麼，這一部份有些人可能與生俱來會較敏銳，但我們還可以透過細心觀察與記錄，來提升這部份能力。

最後是風格的建立，這將決定你是否會成為一名知名的文案：**光看文字就能認出你的風格。**

這點必須經由長期的累積，也要有些運氣能夠創造出代表作

才有機會。

因此要學會寫文案，你可以依照以下步驟開始練習：

1. 首先你必須有持續寫作的習慣，熟悉用文字輸出想法。

2. 選定一個有興趣的產業投入，瞭解其相關知識背景，練習用文字撰寫介紹，要到能讓外行人瞭解的程度。

3. 瞭解人們對這產業的產品需求或期許，找出與同業不同的說法或訴求，並用文字表現。

4. 持續輸出的過程裡，漸漸創造出自己的風格和特色。

當然這是比較粗略的方法，還有很多細節與過程可以討論。只是透過這樣的方向，你可以慢慢的成長進步，日漸累積，三、五年就能有所成果。

寫文案不重視過去寫得如何，我們都看重現在與未來。

即使你以前很少寫東西，只要從現在開始寫，不久的將來，你也能夠成為一位「會寫文案」的人喔。

## 四、結語

文案在這時代，是重要但不珍貴的存在，就好像空氣一般存在生活之中，人人都會寫上一兩句，並不特別。

但正因為如此，我們也不會失去機會，只要你持續在創作，總有一天你的文字會被人記得，你的想法會被人看見，你刻下的每個字句都會成為你走過的痕跡。

寫文案很簡單，你隨時都可以下筆用文字替自己宣傳任何事。

寫文案也很困難，因為你必須時刻接受市場的檢驗。

選擇文字的我們，就注定了我們不是舞台上最亮眼的存在，而是鼓手般在背後決定節奏的角色，重要而不顯眼。

> > >

被文字選擇的我們，何其幸運，能夠擁有一生都能持續耕耘的技能，不受年齡增長限制，還因歲月雕琢而輝光豐潤。

　　用文字創造價值，讓文案為產品加值。
　　**不管有多少人在創作，這世界，永遠缺一句好文案。**

**閱讀錦囊**

網路時代是一個資訊爆量的時代，想想，每一天你接收多少訊息量？你會透過哪些訊息的傳播平臺和傳播方式理解我們所身處的社會，哪些文字用語會讓你駐足停留或點開連結？是街道上大型的廣告看板，還是門口信箱裡的廣告傳單，也許是 YouTube 上某一家英語線上課程的 10 秒廣告片，也許是臉書依據你的瀏覽習慣篩選出的健身房優惠方案。

那些抓住了你的眼球，令你回眸的內容，甚至心甘情願刷卡買單的廣告文字，就是成功的文案。因此，廣義來說，在一個消費型社會中，文案無處不在，文案的優劣很大程度決定了商品的銷售成績，可謂成也文案，敗也文案。甚至連新聞報導也要想方設法寫出吸引人的標題，只是有些標題過於聳動或譁眾取寵，這就有違新聞報導實事求是的宗旨了。

正因為訊息的流動確實太多太快，因此，隻字片語就要小兵立大功，而小兵在上戰場之前，或許只是不起眼的文字，但經過了文案工作者日以繼夜的匠心獨運，絞盡腦汁而後靈光乍現，就變身成了帶著魔法的創意精靈，能讓閱聽受眾或擊節贊賞、或琅琅上口、或會心一笑。

2023 年南臺科技大學公布的視覺海報就是

極佳案例：

　　60 年代，臺南幾位具有政經名望的人士，吳三連、辛文炳、侯雨利、吳修齊、吳尊賢、張麗堂、陳清曉、吳俊傑、侯永都、陳旗安、莊昇如等人共同捐資興辦學校「南台工專」，這些各有成就的政商名流就是所謂的「台南幫」，而當年共同創立的工專已成如今的「南臺科大」，海報中的主視覺是「勾手」的意象，文案「台南幫南臺，南臺幫台南」，運用台、臺兩字的繁寫、簡寫和迴文修辭的技巧，簡潔有力地定調出產業攜手學術的意涵，象徵雙方的合作、團結與承諾，而學校所培育出的人才更可帶動臺南地區的躍進，確實是一則既有歷史意涵，又能放眼未來的文案佳作。

　　文案兩字有時也指從事社群小編、電商、行銷設計、廣告等職業的文字工作者，但無論是指設計撰寫出來的作品或撰寫人，其實目標都是一致的，要在每日如跑馬燈般不斷流動的訊息中，使自己編寫的文案脫穎而出。本篇選文的作者林育聖耕耘文案多年，將自身的練功心法轉化為最淺顯易懂的文字，引導初學者入門，不管是什麼科系的讀者，都有自我行銷或未來行銷商品的需求，寫文案可是自媒體時代必備技能。

◇
**練功坊**
◇

　　我也是文案小編。

　　請分組搜集各種媒體平臺上打動人心的文案，分析探討每一則文案成功的祕訣，並嘗試創作一則文案，可以使用文字、文字＋圖片，或影片呈現。

（林麗美編撰）

## (6-3) 《1984[1]》——老大哥正在牢牢盯著你[2] 高碧玉[3]

　　反烏托邦[4]小說《1984》於 1949 年出版，是一部透過對未來科技的想像，描述極權主義的政府無所不用其極監控人民，包括私下的言談和思想，試圖掌控所有人生活中的方方面面。作者喬治・歐威爾[5]基於自身對 1940 年代的蘇聯[6]和納粹德國[7]政府的深刻體認，藉著《1984》揭露披著共產主義外衣而實行獨裁政府的邪惡，讓讀者省思極權對人們的侵害。歐威爾預言人類未來若生活在極權統治下將毫無任何自由可言，人性完全被抹滅，為了維持組織權力的永恆，歷史可以隨意被篡改，記憶可以任意被塗改。一黨專制的政府扼殺了人們的思維能力，人民被洗腦，信任黨永

1　《1984》（Nineteen Eighty-Four）：英國作家喬治・歐威爾所著，是作者對未來世界的虛構想像，1949 年出版，被譽為政治諷喻和反烏托邦科幻小說的經典作品。在 2005 年，本書被時代雜誌評為 1923-2005 年最好的 100 本英文小說之一，在 1998 年被列入 20 世紀百大英文小說。2003 年，《1984》在 BBC 的「大閱讀」書籍票選活動中獲得第 8 位，並且在 1956 年、1984 年改編成電影上映。

2　「Big brother」是大洋國的領袖，黨內最高領導人，無法確信他是否真正存在，只聞其聲、不見其人的「老大哥」在書中從未出現過，但大洋國的人民堅信他的存在。

3　現任南臺科技大學通識教育中心專任副教授。

4　「反烏托邦」：顧名思義，就是烏托邦的反面，被用來形容可怕的社會，通常具有恐懼或痛苦為特徵。反烏托邦作家藉由誇張的最壞情況，對當前的趨勢、社會規範或政治制度進行批評，三部反烏托邦代表作為《我們》、《美麗新世界》、《1984》。

5　喬治・歐威爾（George Orwell, 1903-1950）：英國知名作家，關心社會正義，反對極權，作品主要關懷下層、受控制的人們。歐威爾創作許多文學作品，其中包含各類文學批評、詩歌、小說及諷刺新聞，生前共有 9 部作品，1945 年出版的《動物農莊》（Animal Farm）與 1949 年出版的《1984》，這兩部作品奠定其大師地位，成為 20 世紀最具影響力的小說家之一。

6　蘇維埃社會主義共和國聯邦（縮寫：CCCP）：簡稱蘇聯，是一個存在於 1922-1991 年的聯邦制社會主義國家，涵蓋東歐大部分區域，以及幾乎整個中亞和北亞，由蘇聯共產黨一黨執政，是世界上第一個奉行完全的社會主義制度及計劃經濟政策的國家。

7　納粹德國：也稱「第三帝國」，是 1934-1945 年由阿道夫・希特勒（Adolf Hitler, 1889-1945）領導的納粹黨統治下德國的通稱。在希特勒統治下，德國變成一黨獨大的納粹主義極權國家，納粹黨控制其國內一切事務，並且實施軍國主義。

> > >

遠不會出錯，致使人心將黨奉為圭臬，盲從「集體意識」而拋棄「自由意志」，個個成了乖巧聽話、無思想意識的空心人。歐威爾曾說過：「如果極權主義成為我們普遍的生活方式，那麼所有其他的人類價值，像自由、博愛、正義、對文學的喜好、對平等的對話、文理清晰的寫作的喜好、肯定人人皆有道德情操的信念、對大自然的愛、對獨特的個人化行徑的賞悅，以及愛國心都將歸於消滅。[8]」

## 思想罪[9]不會導致死亡 因為思想罪本身就是死亡

《1984》的故事舞臺設定在虛擬的未來，書中描寫全球大戰之後，全世界由大洋國[10]、歐亞國[11]、東亞國[12]三強鼎立，每個強國都

---

8　出自《歐威爾文集》。

9　思想罪（Thought crime）：是大洋國政府的一個罪名，若有犯罪思想則犯下思想罪，而不必在言論或行動上定罪。跟此詞相反的是好思想，即被黨稱讚的思想，基於二分法的原則，好思想和犯罪思想中間沒有灰色地帶。

10　大洋國（Oceania）信奉英國社會主義，核心領土為西半球、不列顛群島、澳大拉西亞、非洲南部。

11　歐亞國（Eurasia）信奉新布爾什維克主義，核心領土為歐洲大陸和俄羅斯，其中包括西伯利亞。

12　東亞國（Eastasia）信奉建基於武士道的「殊死崇拜」，核心領土為中國、朝鮮半島、日本。

是獨立運作，自給自足並且鎖國，為了維護當權者的統治，三個超級大國在默契下對立或結盟中不斷輪替，刻意營造出永不停息的戰爭狀態。小說大部分情節發生在大洋國「第一空降場[13]」的倫敦——一個破敗、髒汙、雜亂的城市，食物既噁心又不足夠，衣服、鞋子等各種民生物資皆匱乏。政府利用四大部門奴役群眾：「友愛部[14]」負責酷刑和洗腦，其實是鎮壓部；「富裕部[15]」負責物資的分配與控制，總是一直減少配額，其實是貧窮部；「和平部[16]」負責戰爭和暴行，國家連年征戰永無和平日，其實是戰爭部；「真理部[17]」負責媒體傳播和竄改文獻，其實是謊言部。四大部門各占據一座 300 公尺高的金字塔式宏偉建築，建築外邊高掛黨的三大口號：「戰爭就是和平」、「自由就是奴役」、「愚昧就是力量」。這些部門緊密結合，從食衣住行育樂各個層面箝制個人的自由意志，消滅異端雜音，使人民成了沒有思考能力的活死人，社會成了一言堂。

　　大洋國的每個人分秒都在「老大哥」的監視底下，一黨[18]獨大的極權政府說的任何話必須全盤被接受，人民不僅沒有言論自由，

---

13　第一空降場（Airstrip One）：又譯一號空降場，是小說《1984》中替不列顛島取的名字。第一空降場是大洋國的一個省，曾經被稱為英格蘭或不列顛。

14　友愛部：識別、監視、逮捕，並轉化真實和虛構出來的異見人士。例如溫斯頓先被毆打和折磨，然後在接近崩潰的時候，被送至 101 室去面對「世界上最可怕的東西」，直到異議被愛黨愛老大哥的思想所取代。

15　富裕部：負責食品、商品和國內生產的分配與控制。每一個財政季度中，富裕部都會公布不斷升高的虛假生活水平，實際上配給、可獲得性以及生產都在下降，真理部以修改歷史紀錄去支持富裕部每一季所公布的「配額增加」。

16　和平部：支持大洋國對歐亞國、東亞國的永久戰爭，小說中世界分為三個國家陣營，彼此間時而對立或時而結盟，政府為了維繫有效的統治，刻意營造了永久戰爭的狀態。

17　真理部：控制新聞、娛樂、教育和藝術等所有資訊。溫斯頓在真理部的記錄處工作，「糾正」歷史記錄，使其與老大哥目前的言論符合，令黨所說的一切皆為真的。

18　英國社會主義黨：簡稱英社（INGSOC），領導者是老大哥。英社為小說《1984》中大洋國的極權主義政府所秉持的意識形態。

> > >

連思想都必須通過黨的審查，只要被發現有對黨懷疑或不利的思想，就會被「思想警察[19]」抓進友愛部，極可能從此人間蒸發[20]。人民壟罩在黑暗陰霾裡，有一個可憐蟲試圖穿透黑箱尋找個人獨立存在的意義，那個人就是故事的主角～溫斯頓‧史密斯[21]。

　　39歲的溫斯頓是一名英社的外圍黨員[22]，相對於高階的核心黨員和低階的無產階級，位屬中等。還具備獨立思考的溫斯頓下定決心做一件被黨禁止的事情——買日記本並開始書寫他對英社的真實想法。看似稀鬆平常的寫日記，在大洋國把自己的遭遇和心路歷程記錄下來可是犯了被處以死刑的「思想罪」。小說一開始，溫斯頓躲在房間電幕[23]拍不到的牆角寫日記，他寫下「1984年4月4日……打倒老大哥、打倒老大哥、打倒老大哥、打倒老大哥、打倒老大哥……」、「寫給未來或過去，寫給一個思想自由、人人都是獨立個體、不再孤立生活的時代——給一個存在真理、既成事實不可篡改的時代：我來自一個同化無異的時代、孤寂的時代、老大哥的時代、雙重思想的時代，向各位問好！」日記存留著他對黨和「老大哥」的負面看法，自覺犯了思想罪，又寫了

---

19　思想警察（Thought police）：大洋國的秘密警察。思想警察的職責是通過電幕監視黨員行動，找到思想與黨不一致的黨員並逮捕。核心黨員不僅希望控制其他黨員的言行舉止，更希望控制他們的思想，即要防止思想罪。

20　人間蒸發：指的不僅是被國家處決，更是在歷史上或記憶上抹去這個人的存在。

21　溫斯頓‧史密斯（Winston Smith）：英社外圍黨員，暗地裡憎恨黨並且夢想著反叛老大哥。

22　大洋國的社會階級系統有三層：（1）上等階級的核心黨員（Inner Party），少數的統領精英，占全國人口的2%左右。（2）中等階級的外圍黨員（Outer Party），占全國人口的13%左右。（3）下等階級的無產階級（Proles），占全國人口的85%左右，代表沒受過教育的無產階級。

23　電幕（Telescreen）：是小說《1984》中想像的一種設備，具有電視和遠程監控功能，大洋國英社用它來監視和控制黨員，防止發生秘密的造反行動。

一行字預言自己的下場：「思想罪不會導致死亡，因為思想罪本身就是死亡。」

　　溫斯頓在政府的真理部上班，每天根據黨的需要修正、竄改、重寫檔案，將所有的報章雜誌以及歷史文件改成黨想要的官方版本，並將原始檔案扔進忘懷洞[24]。真理部可以無中生有許多人事物，也讓許多人事物從有變無，儘管同部門的大部分工作者和他一樣聽命以虛假信息置換真相，但他們認為這是在「糾正錯誤[25]」，也積極銷毀原始文件，如此一來就沒有政府竄改歷史紀錄的證據。溫斯頓對現狀感到不滿，例如，每個人的一舉一動在無所不在的電幕和竊聽器監控下，人性最根源的情感，舉凡親情、友情、愛情蕩然無存。又如，日常吃的、穿的、用的一切由政府分配，老百姓明明挨餓受凍，但從未有人質疑黨作假的民生富足報告。處在身心極端貧乏空洞的環境，溫斯頓想像生活是否可以和現狀不一樣，他憧憬記憶中真實的過去，試圖還原那個被禁錮的世界，對黨的反叛思想在他內心深處萌芽滋長。

　　黨員在工作空檔被安排「兩分鐘憎恨時間[26]」，大家聚集一堂

---

24　忘懷洞（Memory hole）：是溫斯頓使用的文件銷毀工具，可以任意「改正」歷史。按小說的描述，是個帶門的大火爐，把文件扔進去，歷史就消失了。

25　真理部的工作者把「用虛假的信息重新編寫過去信息」的行為稱為「糾正錯誤」，目的是讓大洋國的政府顯得無所不知。

26　在電幕中放映視頻，每天具體內容都不同，但主題都是和戈斯坦有關，他是如何狡猾，如何想摧毀老大哥所創建的社會，目的在轉移人民心中的不滿。

> > >

騷動、瘋狂叫囂全民公敵——埃曼紐爾·戈斯坦[27]，宣洩所有憤怒與不滿。溫斯頓對人群當中兩個人印象特別深刻，一個是茱莉亞，另一個是歐布朗。茱莉亞[28]在真理部的小說單位負責維修小說寫作機器，繫著「青年反性同盟[29]」象徵禁慾和貞潔的紅腰帶，溫斯頓原先當她是反性同盟的狂熱追隨者，並懷疑茱莉亞是思想警察而憎惡她。有一天在真理部，溫斯頓看見迎面走來的茱莉亞摔倒，就在伸手幫助她時，她悄悄地塞了一張紙條到他手上。溫斯頓打開後看見上面寫著「我愛你」，對茱莉亞的敵意瞬間消滅，此後兩人綻放一段地下戀情，在小樹林、在破爛的教堂裡偷嘗禁果，以違反黨政策的偷情進行無聲的抗爭，後來又租下古董店樓上簡陋的小房間做為日常秘會的據點，相信那裡應該安全無虞。然而監控無孔不入，租房給他們的古董店老闆就是思想警察的一員，溫斯頓全然不知他們的反叛行為已經被隱藏的電幕牢牢監視。兩人在某次的性歡愉之後，正在交談時電幕突然發出了可怕的聲音，隨即一大群思想警察從天而降，措手不及中兩人雙雙被捕，被押解到友愛部分別接受黨的「治療運動」。

---

27 埃曼紐爾·戈斯坦（Emmanuel Goldstein）：英社的叛徒、虛構書籍《寡頭式集體主義的理論和實踐》的作者、反黨組織「兄弟會」的創始人，指揮一支龐大影子軍團，主導叛變者的地下網絡。他是早期大洋國社會主義革命的領導者之一，後來背叛革命成為國家的頭號敵人。戈斯坦實際上不存在，英社編造此人是為了確保全國人民有一個共同的敵人，加強人民對黨及老大哥的忠誠。

28 茱莉亞（Julia）：出生在大洋國，對革命前的知識就像對她8歲時消失的祖父一樣不確定。她表面上融入了大洋國的社會生活，以「青年反性同盟的成員」公開擁護黨的學說。實際上，暗中進行「腰部以下的叛逆」，後來成為溫斯頓的女友。

29 大洋國限制男女之間性行為，黨從小灌輸給黨員的性觀念是，結婚唯一目的是為黨孕育新的勞動力。男女不可因「性慾」、「愛情」而結合，所有黨員的婚姻關係都要經過批准，確保兩人不是受對方肉體所吸引。通過將性行為化作政治義務的手段，使人民的慾望得不到滿足，並把相關的不滿轉移至敵人身上。

## 自由就是可以說出 $2 + 2 = 4$ 的自由

溫斯頓在獄中身心備受凌辱和摧殘，對他執行暴力式瘋狂洗腦的正是讓他掉入陷阱的思想警察頭子——歐布朗[30]。在溫斯頓和茱莉亞一開始偷情，歐布朗早已經悄悄盯上了他們，歐布朗隱藏核心黨員的身分並刻意接近溫斯頓，讓溫斯頓以為他與自己一樣痛恨黨。溫斯頓掉進了歐布朗的精心設局，誤信歐布朗已和反黨組織兄弟會取得聯繫，不但受邀去他家拜訪，還自我坦露反叛思想。歐布朗隨聲附和自己也是個反叛者，並給了溫斯頓一本戈斯坦的論著《寡頭式集體主義的理論和實踐[31]》，書中闡述了永久戰爭背後的本質，以及口號「戰爭就是和平」、「自由就是奴役」、「愚昧就是力量」的真相，而這些論述說出溫斯頓縈繞在內心深處的聲音。

大洋國的「思想犯」接受「思想治療」的三個階段是，「學習[32]、理解[33]、接受[34]」所有黨編造的「事實」，政府真正的意圖是擁有完全控制人民思想的權力，所有人都必須對老大哥及黨絕對服從，以黨性取代人性。溫斯頓不清楚自己究竟已經被囚禁多久，關在永遠白光罩頂的房間，分不清晝夜、時空錯亂，接受系統化洗腦，嚴刑拷問和心理戰術輪番上陣，嘗盡了饑餓、辱罵、

---

30 歐布朗（O'Brien）：英社的核心黨員、思想警察頭子，假扮成反黨組織兄弟會的成員，以欺騙、設圈套的方式捕獲溫斯頓和朱莉亞。

31 《寡頭式集體主義的理論和實踐》（The Theory and Practice of Oligarchical Collectivism）：小說《1984》中一本虛構的書籍，將黨的意識形態描繪為寡頭政治集體主義，以社會主義之名，行背離社會主義革命之實。

32 執行嚴刑拷打、藥物、不時進行的懷柔政策和腦部改造，目的是摧毀犯人本來的「有罪思想」。

33 此階段犯人待遇有所上升，以談話為主要手段，使犯人理解英社的統治手段。此階段結束後犯人會認可英社，放棄反社會理念，但保持情感好惡。

34 在 101 室進行，對犯人思想最深層部分——「心」進行滲透和毀滅，使其放棄原本的信仰和熱愛之物，轉而信仰並熱愛英社和「老大哥」。

> > >

毒打、電擊各種手段。歐布朗利用電擊拷問溫斯頓，告訴溫斯頓是因為精神錯亂才會仇恨黨，電擊的折磨是為了「治癒」他的精神錯亂，他應好好接受治療，徹底背叛過去、背叛所有人，摧毀親情、愛情和友情，只留下對老大哥的崇拜和對政治權力的熱愛。思想改造的過程是漫長的，歐布朗步步進逼，用威嚇刑求[35]對溫斯頓再教育，黨員必須學會「雙重思想[36]」，比如既接受「2+2=4」，也接受「2+2=5」。如果「2+2=5」是黨說的，那一定也是正確的，黨如果指鹿為馬，那鹿一定是馬。歐布朗說道：（以下節譯自《1984》第三部第二章）

「只有經過規訓的頭腦才能看清現實，你以為現實是某種客觀的、外在的、獨立存在的東西，你也以為現實的本質是不證自明的。你自欺欺人地認為你看到了某樣東西，你假定別人也跟你一樣看到了同一個東西。但是我告訴你，溫斯頓，現實不是外在的，現實存在於人的頭腦中，不存在於任何其他地方，而且現實不存在於個人的頭腦中，因為個人的頭腦可能犯錯，況且很快就會死亡。現實只存在於黨的頭腦中，黨的頭腦是集體的、不朽的，不論任何事物，黨認為是真理的就是真理，除非通過黨的眼睛，否則你不可能看到現實。溫斯頓，這就是你必須重新學會的事實，這樣做需要自

---

35 歐布朗把溫斯頓固定在一張專門折磨人的床上，用儀錶盤上 0-100 間的各種級別的疼痛，變換花樣來折磨溫斯頓。

36 雙重思想（Doublethink）：在一個人的思想中同時保持並且接受兩種相互矛盾的認知能力，具體來說，就是一個人知道真實的情況，但他選擇不說真話，而是故意說一些毫不相關的謊話。在講這些話時會同時帶出兩個彼此相反的觀點，說謊者明知它們是矛盾的，不可能同時成立，但卻惡意傳播，以混淆視聽，傳到最後連自己都信了。在生物學上與雙重思想最接近的生理疾病是認知失調、認知扭曲或精神分裂，這些疾病的成因是由於一個人在現實中受過嚴重的心靈創傷，為了逃避現實才允許自己去接受各種邏輯錯亂的想法，以便讓自己的心理能好受些，這點與小說《1984》中所描寫的溫斯頓心理的變化過程一致。

我毀滅，需要意志的努力，你必須讓自己變得謙卑，然後才能變得神智健全。」

「你首先要明白，在這個地方，不存在烈士殉道這回事。你一定讀過從前的宗教迫害，中世紀，就有過宗教法庭。那是場失敗！它是要根除歪理邪說，到頭來卻使之長存不朽，一個異端燒死了，千百個異端站起來。為什麼會這樣？因為宗教法庭公開殺死敵人，殺死的時候他們還沒有悔悟，其實，殺死他們，就是因為他們不悔悟。人們被殺死，因為他們不肯放棄自己真正的信仰，自然啦，一切光榮便要歸給犧牲者，一切羞辱卻得歸給燒死他們的宗教法庭。……有一點是明白的，絕不能製造殉道烈士。極權主義者在受害者被公審曝光之前，刻意打垮他們的人格尊嚴，靠著酷刑和單獨囚禁，把他們折磨成卑鄙畏縮的可憐蟲，栽贓他們的任何罪名都願意招認，他們給自己身上潑髒水、罵別人、護自己，哭哭泣泣求饒。……在這裡招供的都是真的，我們想辦法做到這些供詞是真的。……溫斯頓，後人永遠不會知道你存在過，歷史長河中你被抹滅，我們會把你汽化，把你倒進大氣層、你什麼都不會留下來，檔案裡沒有你的名字，任何人腦中不會有關於你的記憶，在過去還有未來，你都會被徹底清除乾淨，你從來不存在過。」

一遍又一遍的身體迫害和精神折磨讓溫斯頓的意志力土崩瓦解，被馴化為「老大哥」的忠實信徒，喪失獨立思考的能力，從此不再懷疑國家散播的一切信息，哪怕荒謬如「2+2＝5」，他都發自肺腑地相信。雖然溫斯頓承認自己的罪行，但他還保有對茉莉亞的愛並未出賣她，仍然相信美好而純潔的感情，沒有放棄對愛情的嚮往。「思想治療」最後回合，歐布朗將他押進眾人聞之喪

> > >

膽的「101 室 [37]」，那個地方是每個人心中最後一道防線，它承載著人們心中的恐懼底線。溫斯頓曾對茱莉亞說出自己不堪的童年，小時候，可能是 12 歲時，他因為貪心和飢餓搶了妹妹的巧克力跑出家門，媽媽在後面大喊溫斯頓把巧克力還給妹妹，但他並沒有回來，即使意識到母親懷抱中的妹妹快餓死了！妹妹屍體引來鼠患，媽媽為了守護她而被老鼠啃食 [38]。溫斯頓記憶中這道最刻骨銘心的陰影也被歐布朗掌控，用來做徹底擊潰他的終極利器：（以下節譯自《1984》第三部第五章）

　　「老鼠」，歐布朗開口了，仍然在對一群隱形的的聽眾說話，「雖是囓齒動物，也是食肉性的，想必你知道這一點。你一定也聽到過這個城市貧民區發生過的事情，在某些街道，做媽媽的不敢把寶寶獨自留在家裡，哪怕只有 5 分鐘，老鼠就會出動攻擊小孩，在很短時間內就會把孩子皮肉啃光見骨。牠們也會攻擊生病或瀕死之人，牠們知道誰沒有還手之力，展現驚人的智力。」

　　「我已經壓下第一個操縱桿」，歐布朗說：「這個籠子的構造你是知道的，面罩正好貼住你的腦袋，不留空隙。我壓下第二個操縱桿時，籠子的閘門會拉開，這些餓慌了的小畜牲就會像萬箭齊發一樣竄出來。你以前看到過老鼠空中跳躍的樣子嗎？牠們會直撲你的臉上，直接咬下去。有時牠們先咬眼睛，有時牠們會鑽破臉頰，然後吞掉舌頭。」……剎那間他喪失了神智，成了一頭尖叫的畜生，然而戛然而生的

---

37　101 室：友愛部最令人害怕的刑訊室，裡邊的東西是「世界上最可怕的東西」，在那裡，一個犯人最怕的東西將被拿來威脅他或她。

38　老鼠啃食妹妹和媽媽的情節出自 1954 年的電影版本，小說中沒有明確描寫母親與妹妹是怎麼死的，書中是用「失蹤」和「不見」。

念頭在黑暗中拉他一把，唯一可以救自己的辦法，就是必須在他和老鼠之間塞進另一個人，讓那個人的身體來擋開。

溫斯頓在極度的恐懼下，瘋狂大喊「咬茱莉亞！咬茱莉亞！別咬我！咬茱莉亞！你們怎樣咬她都行，把她的臉咬下來，把她咬到見骨。別咬我！咬茱莉亞！別咬我！」兩人的愛戀關係終究不敵極權體制的輾壓，溫斯頓背叛了愛情和茱莉亞，短暫的愛情煙消雲散，心裡只許容下對「老大哥」至誠的感恩和熱愛。在小說的結尾他們再度相遇，面如槁灰，相互承認出賣了對方：（以下節譯自《1984》第三部第六章）

「我出賣了你，」她若無其事地說。
「我出賣了你，」他說。
她又迅速且厭惡地看了他一眼。
「有時候，」她說，「他們用某種你無法忍受的，甚至想都不能想的東西來威脅你，於是你說，『別這樣對我，拿這去對付別人、這樣那樣做。』事後，你或許可以假裝這不過是一種計策，你這麼說是為了使他們住手，並不是真心那麼想。但那不是真的，事發當時你當真那麼想，你認為沒有別的辦法可以救自己了，因此你很願意用這個辦法來救自己。你真的願意這事發生在另外那個人身上，他能否受得了，你根本不在乎，你在乎的只是你自己。」
「你在乎的只是你自己，」他跟著覆誦。
「在這以後，你對另外那個人的感覺再也不一樣了。」
「是不一樣了，」他說，「你的感覺不一樣了。」
似乎沒別的話可說，風把他們單薄的工作服刮到緊貼身體。一言不發地坐在那裡使她覺得很難堪，而且坐著不動實在太冷了，她說要趕地鐵，就起身要走。
「我們以後見吧！」他說。

> > >

「是的，」她說，「我們以後見吧！」

溫斯頓曾經天真地以為黨不可能鑽進人的思想和感情去操縱人心，但在經歷過友愛部的「思想治療」，他現在相信了，他們是能滲入到你的血液成為你身體中的一部分，奪走你的靈魂，讓你出賣你愛的人。至此，溫斯頓把靈魂交給了撒旦，真理殞落、思想已死，不再執著自由，他成為大洋國中麻木無感、沒有思想的活死人。坐在酒館裡抬頭凝望「老大哥」那張巨大無比的臉，兩滴帶著琴酒味道的眼淚從鼻子兩側滑落，喃喃自語：「我愛你！老大哥！」意味他的思想徹底歸順，全然接受了黨對社會和生活的描述，再也不會懷疑「老大哥」和黨的一切，靈魂潔白如雪，是百分百「思想純潔」的人。他戰勝了自己，結束了掙扎，並對他即將來臨的公開審判和處決聽之任之。


## 誰控制了過去就控制了未來　誰控制了現在就控制了過去

極權主義國家在位者為了鞏固權力和永久執政，除了無所不用其極地對人民進行滴水不漏的監控，還會竄改歷史和簡化語言以弱化和鉗制群眾思想。小說《1984》在精神領袖「老大哥」統治下的大洋國，他是獨一無二、至高無上的，他那一雙大眼睛隨時隨地盯著所有人。小說中有一句經典的標語：「老大哥正在注視著你！」（Big brother is watching you!），代表任何被認為是侵犯隱私權的監控行為。

為了杜絕任何危及極權統治的可能性，英社建立嚴密的監督體制，由思想警察全方位監控人民，包括利用電幕、竊聽器和告密者。大洋國的居民沒有隱私權，所有的黨員以及部分無產者都必須受不可關閉的電幕監控，電幕安裝在黨員的住所、工作場所、日常生活的街巷。電幕發送訊息的同時也在接收訊號，只要待在

「視線範圍」內，任何人的言行舉止，包括講悄悄話，甚至感知心跳，電幕都收得到。如果居家時沒有出現在電幕前面，就會被提醒必須要露臉，像溫斯頓就小心翼翼躲在電幕拍不到的死角才敢開始偷寫日記。此外，配合政令宣導，電幕上常常播放新聞、節目、叛變者的自白⋯⋯。即使鄉下地方沒有電幕，但會有隱藏的竊聽器讓思想警察可以監視每一個人。思想警察會自己或安排線民臥底，抓出任何可能顛覆政權的嫌疑人，而小孩在黨思想教育的洗腦下，從小監視、糾舉有思想罪嫌疑的人，特別是自己的父母。大洋國的人民可能只是一個厭倦的眼神或者不屑的表情，或者一句夢話，不需要什麼證據，都可能以「思想犯」被關到友愛部進行「思想治療」。

如果大眾都相信黨說的謊言，如果所有紀錄都這麼說，那麼這個謊言就載入歷史而成為真相。溫斯頓的主要工作就是負責篡改歷史，比如今天黨下了一條指令說巧克力的配給要由 30 克降低為 20 克，這違背了黨之前宣稱提高了群眾生活水平，溫斯頓的工作就要「糾正錯誤」，把之前的所有文獻和媒體提到的巧克力配給改動數字，寫成「偉大的黨將巧克力配給從 10 克增加為 20 克」，人民毫不遲疑地相信之前領的巧克力是 10 克，對黨打從心裡感謝。誠如書中經典名言：「一切都如消失在迷霧之中，過去被抹去痕跡，抹去的過程被遺忘，謊言就變成了真話。」

思想建基於語言，簡化和控制語言就是碾碎思考的種子。大洋國以「新語[39]」做為官方語言，是黨壓制異見聲音的工具，轄下的研究局一直在進行新辭典的編纂，蓄意減縮思想的範疇和削弱

---

39 新語（Newspeak）：又譯為新話，是小說《1984》中設想的新人工語言，被形容為「世界唯一會逐年減少詞彙的語言」。

人民的表達能力。「新語」以英語為基礎,大量詞彙和語法被刪修、摧毀,簡略而無語言智慧,人們不需在語言上作細緻思考,幫助英社完成思想控制之大業。舉例而言,文字二分法:只有「冷」或「不冷」,沒有「溫暖」;只有「明亮」或「不明亮」,沒有「黑暗」;只有「好思想」或「犯罪思想」。而「新語」的終極目標在使簡單二分法進一步變成單一的「是」:無論回答任何問題,人們將會條件反射地回答一個順從的「是」。

「誰控制過去就控制未來;誰控制現在就控制過去。」英社建構出一個驚悚、扭曲、毫無人性的「烏托邦」,撒下天羅地網箝制人民自由、控制人民思想,大洋國人民的日常被「老大哥」牢牢盯死,人民會反射性地阻止自己思想犯罪,雙重思想下油然而生的疑問立刻被自我催眠的謊言推翻,深信不存在問題,「黨」永遠是對的,自己才是錯的可能。歐威爾在書裡寫下「只有思考才是唯一希望」,是當時的他對未來的期許,也給世人敲響了一記警鐘。

閱讀錦囊

　　在當今衛星科技、光纖及網際網路等訊息傳播新技術廣泛應用的時代，誰控制了新科技，誰就是新科技的受益者。被譽為「全球最頂尖的密碼學家」布魯斯‧施奈爾[40]在他的最新著作《隱形帝國：誰控制大數據，誰就控制你的世界》（Data and Goliath: The Hidden Battles to Collect Your Data and Control Your World）提醒我們，隱形帝國正在入侵我們的生活，諸如：1. 手機位置資料淪為政府編列黑名單的根據，只要我們曾出現在抗議地點附近，就會被認定有罪。2. 美國國安局強制在我們的系統和軟體安插後門，這反而讓駭客發動網路攻擊更容易。3. 你在家中全無隱私，你的一舉一動、一字一句全都被智慧家電傳回公司總部。4. 你存在雲端儲存空間的資料不再屬於你，那間公司可以任意取用、刪除，甚至交給執法單位。5. 搜尋引擎完全掌控你的喜好、弱點和健康狀況，用量身訂做的行銷廣告騙光你的積蓄。書中也提到，當企業用免費或便利的網路服務換取你秘密通訊隱私權，當政府強索企業手中與你我有關的個資，甚至駭進網路系統、個人電腦等資訊設備進行非法大規模監控，而你卻毫無自覺。政府可以拿著你數十年前的一則網路留言任意指控你叛國，人民被剝奪「免於恐懼的自由」和「言論自由」。

　　壟斷訊息是極權體制的特徵之一，資訊科技的革命賦予當權者更高效能去掌握傳播媒介對人民宣傳和全面監控，加上無所不用其極操弄意識形態，將使極權主義和獨裁專制以進化的形式回歸。從

40　布魯斯‧施奈爾（Bruce Schneier）：美國的密碼學學者、資訊安全專家與作家。他撰寫了數本資訊安全與密碼學相關的書籍，創辦了 BT 公司並擔任其技術長（CTO）。至今著有 12 本書，包括《當信任崩壞：密碼學專家告訴你，如何面對社會中的貪婪與背叛，防範信任機制的全球大失靈》（Liars & Outliers: Enabling the Trust that Society Needs to Thrive）及銷售超過十八萬冊的《應用密碼學》（Applied Cryptography），還發表過數百篇文章、論文和學術報告，他經營的新聞報 Crypto-Gram 和部落格 Schneier on Security 極具影響力。身為國際知名安全科技專家，被《經濟學人》稱為「安全大師」，曾親自採訪潛逃俄羅斯的前國安局雇員史諾登，並受邀對美國國會議員講解國安局的監控行動。

> > >

大數據到 AI 跳躍式的進化，歷史學家哈拉瑞[41]指出，當資訊科技和生物科技[42]的合併，極權國家集中式的數位資料處理，藉著人工智慧與機器學習，可能創造出一種比自己更了解自己的演算法，政府若掌握這種演算法，不僅能預測個體的決策，還可以無形中操控個體的情緒和慾望。一旦有人能夠有效地操控你的情緒，民主就會變成一場情緒傀儡劇，因為，到頭來，民主的基礎並不是人類的理性，而是人類的感受，執政者或許無法提供人民良善的生活環境，但能使人民熱愛他，洗腦人民感受到自己隸屬於世界上最美好、最重要的國家，而且痛恨異議人士。

　　小說《1984》大洋國人民的一舉一動，甚至思想都難逃「老大哥」的監控，毫無任何自由可言，宛如行屍走肉。數位網路時代的獨裁專政，意味著大數據集中在政府或少數菁英團體的手中，「老大哥」隱身在雲端，科技無孔不入地滲透到日常生活各個角落，「數位足跡[43]」讓個人隱私在大數據面前無所遁形。當數位獨裁成

---

41　尤瓦爾・諾瓦・哈拉瑞（Yuval Noah Harari）：1976 年出生於以色列，擁有牛津大學博士學位，歷史學者暨暢銷書作者，公認是目前世上影響力數一數二的公共知識分子。他的熱門著作「人類三部曲」系列＝《人類大歷史》、《人類大命運》、《21 世紀的 21 堂課》譯為六十種語文在全球熱銷。他定期在《紐約時報》、《金融時報》、《衛報》等媒體發表文章，也常常參與各項大會，例如近期的 2020 達沃斯世界經濟論壇。對於目前的全球新冠病毒危機，他也登上包括 CNN 和 BBC 在內的主要新聞頻道，接受採訪。

42　生物科技（biotechnology）：又稱生物技術、生物工程，指利用生物體來生產有用的物質或改進製程，改良生物的特性，以降低成本及創新物種的科學技術。是一個多元跨領域的技術，舉凡醫療、製藥、食品、農業、化工、化妝品、環保等，都可以看到生物技術的存在。

43　數位足跡（digital footprint）：就是你使用網路後留下的任何線索或資料，像在 Google 搜尋過的關鍵字、在網路分享過的照片、在影音平臺上傳過的影片或網路直播的內容、在他人或自己的 Facebook 頁面上的留言、註冊在社群網站上的個人資料檔案、瀏覽網頁的紀錄、在 YouTube 上曾經看過的影片等等。數位足跡一旦留下，幾乎是消除不掉，會永久留存在網際網路上，任何人都有可能會注意到我們的數位足跡。

為真實的「老大哥」，令人發麻的是掌控大數據者決定我們所看所思，悄悄「駭」入我們的感受，把恐懼、仇恨和虛榮販賣給我們，用這些感受從內部將民主給兩極化並摧毀。處在大數據的「綺麗幻想」世代，高科技應用能讓人類最美好的想像成真，也能製造人類最無法承受的邪惡。套用歐威爾的經典名言自我警戒——「誰控制大數據誰就控制過去，誰控制大數據誰就控制未來」，如何做個聰明理智的閱聽人，不讓自己被那些控制大數據的專制政府或科技巨擘洗腦操控，是維護真民主自由制度的重要基本素養。

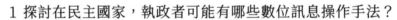

**練功坊**

1 探討在民主國家，執政者可能有哪些數位訊息操作手法？
2 思考日常生活中可能留下的數位足跡，並想出反制數位監控具體可行的方法。

（高碧玉編撰）